空襲と文学

W・G・ゼーバルト
鈴木仁子 訳

白水社

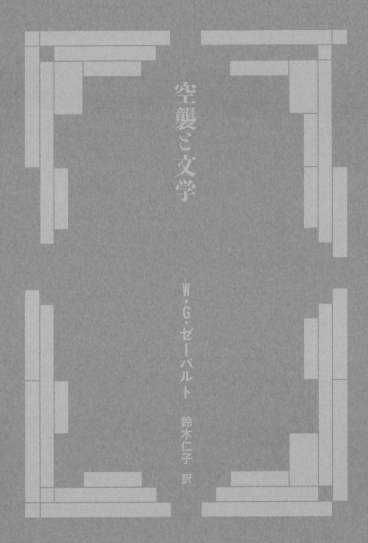

空襲と文学

空襲と文学

目次

装幀　緒方修一

はじめに

本書におさめられている空襲と文学について論じた連続講義録は、一九九七年晩秋に私がチューリヒにおいて話した内容をそのままのかたちで再録したものではない。講義の第一回は、カール・ゼーリヒが一九四三年の盛夏、精神病院に入院中だったスイスの作家ローベルト・ヴァルザーと遠出をした日のことを綴った文章から語り起こしたものだった。連合軍の空襲を受けてドイツのハンブルク市が炎上したのは、その日の夜半である。この偶然の一致についてまったく言及していないゼーリヒの回想録は、当時の恐ろしい出来事を私自身が見つめるさいの視座をはっきりさせてくれた。

一九四四年五月にドイツのアルゴイ・アルペン地方の僻村に生まれた私は、当時ドイツ帝国に起こっていた惨劇をほとんど身に受けずにおおせた者のひとりに数えられる。にもかかわらず、その惨劇が自分の記憶のうちに跡を残していることを、講義において、私は自分の著作からかなり長い文章を引いて示そうとした。チューリヒ講演の場合はもともと文学についての講義だったから、それでもよかっただろうと思う。しかしここに書物とするにあたって、長文の自作を引用するのは不適切であるように思われた。そこで本書では、第一回講義からは一部のみを残し、それらをチューリヒの講義が巻き起こした反響や、講義後に私のもとへ送られてきた書簡のことなどについて綴った最終章に組み入れるにとどめた。私のもとに届いたさまざまな文書や書簡の多くは、いささか奇っ怪な性質のものであった。しかしそうした書き物の不十分さ、不自然さからこそ、先の大戦で何百万人が嘗めた前代未聞の国民的な屈辱の体験が、本当の意味では一度も言葉で表現されたことがなく、じかに体験した人々相互で分かち合われたこともなく、また続く世代に伝えられもしなかったことが読み取れたのである。ドイツの戦時および戦後を語る物語《エポス》がいまだ書かれていないという嘆きはしばしば耳にするが、それはこの——ある意味では当然納得のいく——不全と無関係ではない。秩序好きの私たちの頭に生じた不測の事態を前に、私たちは無力であった。

いわゆる〈過去の克服〉と称されるものにドイツは大きな努力を払ってきたが、にもかかわらず私には、ドイツ人は驚くほど歴史に眼をふさぎ、伝統を失った国民になってしまったという感が否めない。過去の生活様式や自国文明の特徴に熱い関心を寄せるといった、たとえばイギリスの文化ならどこにいても感じられることがドイツには見られない。過去、とりわけ一九三〇年から五〇年までの時期にまなざしを向けるとき、私たちはいつも見つめると同時に眼をそらしてきた。それゆえ倫理的にほぼ完全に信用失墜した社会において、戦後ドイツ人作家によって書かれたものも、その根底にはものを書く人間の微妙な立場を固めようとする誤った意識、あるいは半ば無意識的な意識があったのである。第三帝国がドイツに存在していたあいだ国内にとどまった大多数の文学者（「国内亡命者」「内的亡命者」などと呼ばれる）にとって、一九四五年以後に急務となったのは、周囲の現状を描写することよりも、まずは自身を再定義することだった。それが文学に不幸な結実をもたらした例が、作家アルフレート・アンデルシュである。そこで本書には「空襲と文学」の講義録に添えて、私が数年前に雑誌《レトル》に発表した論文を転載することにした。発表当時、いくつかの激しい非難を浴びた論文である。アンデルシュのように基本的には反体制的な、鋭い知性を持ち合わせていたことの疑いない人間も、ファシスト政権が限りなく権力を増大させると思われた時代にあって、多少とも意識的に迎合へと転身することがありえたこと、そして戦後、アンデルシュのような公人は、ひそかに抹消や変更を加えてみずからの履歴を整えざるを得なかったこと――そうしたことを認めたくない人々からの反撃であった。自分が伝えたいイメージへの修正にあとから汲々とするということ、ここに、この世代全体のドイツ人作家が、みずから見たものを書き留められず、私たちの記憶に残せなかったことの重大な原因のひとつがあると私は思う。

空襲と文学

チューリヒ大学講義より

削除という芸当は、達人による防衛反射である。
スタニスワフ・レム『虚数』

1

第二次世界大戦末期にドイツの諸都市が蒙った破壊の規模がどれほどであったか、たとえ中途半端にせよ、今日これを思い描くことは難しい。その破壊にともなっていた恐怖に思いを馳せることは、なおのこと難事である。むろん、連合軍の発行した『戦略爆撃調査報告書』やドイツ連邦統計局による調査書など、公的な資料はいくつもある。それらによれば、イギリス空軍だけでのべ四十万機が百万トンの爆弾を敵地ドイツに投下した。百三十一都市が一回ないし複数回攻撃され、その多数がほぼまったき焦土と化した。ドイツの一般市民六十万人近くが空襲の犠牲になり、三百五十万軒の住居が破壊された。戦争末期には七百五十万人が焼け出され、ケルンでは市民ひとりにつき三一・四立方メートル、ドレスデンでは四二・八立方メートルの瓦礫の山があとに残された。しかし、それらのすべてが本当はいったい何を意味していたのかを、私たちは知らない(1)。歴史上類のない殲滅作戦は、戦後再出発をはかった国民国家の年代記には、

ばくぜんと一般化したかたちでしか記録されなかった。それは集合的意識にはなんの苦痛の痕跡も留めていないかのように見える。当事者による回想からもほとんどが締め出されている。わが国の精神状況をめぐって起こる種々様々な議論においても、一度として正面から取り上げられたためしはない。アレクサンダー・クルーゲがのちに述べたように、この破壊は、一度としておおやけに解読される記号にはならなかったのだ。(2)――いかにも倒錯した事態ではないだろうか。いかに数あまたの人々が、来る日も来る日も、何日、何か月、何年となく軍事作戦による爆撃に身を曝し、戦後にまたがるいかに長期間、肯定的な生活感情をことごとく圧殺する（としか思えない）現実に直面していたかに思いを馳せるならである。罹災者がその都度すぐさま生活を立て直そうとする活力には凄まじいものがあったとはいえ、たとえばプフォルツハイムのような市――プフォルツハイムは一九四五年二月二十三日、ただ一度の夜間空襲によって、六万人の人口の三分の一を失った――には、一九五〇年になってなお瓦礫の山が残り、そ

Kämmererstraße: Kein Haus überstand das Inferno

「ケメラー通り—地獄をまぬかれた建物はなかった」

の上には依然として木製の十字架が立てられていた。一九四七年三月、ジャネット・フラナーは、ワルシャワでは春のおとずれとともにぱっくりと口を開いた地下室からおぞましい臭気が立ち昇ってきた、と報告している。[3] 同じ臭気は、疑いもなく戦後まもないドイツの諸都市に漂っていたことだろう。しかし惨事の現場にとどまった生存者の感覚器官にまではその臭いは達しなかったとみえる。一九四五年末、アメリカでの亡命生活をおえて帰国した作家アルフレート・デーブリーンは、南西ドイツで次のような覚え書きを残している。人々は「凄まじい廃墟に取り囲まれた道を」動き回っている、「まるで、なにごとも起こらなかったかのように（…）、まるで、町がもともとそんな様子であったかのように」[4] と。こうした感覚の鈍麻《アパシー》とは裏腹に、新しい出発が表明され、ヒロイズムが手放しに称揚された。人々はそうしたヒロイズムのもとですみやかに瓦礫を片付け、再建に着手したのである。一九四

RKAUF
Schöner und breiter erstand sie wieder
「より美しく道路幅も広くなって甦った同通り」

五年から五五年までのヴォルムス市を扱った小冊子には、「時代は背筋きりりとした、人格と志の清廉なる男子を求める。そのほとんどが今後何年にもわたる再建の前線に立つのである」(5)といった文章がみられる。ヴィリー・ルッパートなる人物が市の依頼で著したこの冊子には多数の写真が掲載されているが、うち、ケメラー通りを撮影した二枚を前頁とこの上にあげよう。完膚無きまでの破壊は、集団が常軌逸脱したことのおぞましい帰結というよりは、いわば、まるでみごとになしとげられた再建の第一歩であるかのようだ。一九四五年四月にフランクフルトでIGファルベン社の首脳部と会談したロバート・トーマス・ペルは、そのときドイツ人たちが、自己憐憫、卑屈な自己正当化、「自分に罪はない」という憤慨、つっぱりなどを奇妙にないまぜにしながら、おのれの国を「過去よりももっと大きくもっと立派に再建してやる」(6)決意を語ったときの驚きを書き残している。その決意が決意だけに終わらなかったことは、〈フランクフルトのかつていま〉なるキャプションのついた次頁の絵葉書ひとつを見ても明らかだろう。ドイツを訪れた観光客は、いまやキオスクでこうした絵葉書を買い求め、マイン河畔の大都市フランクフルトから全世界に郵送できるようになっているのだ。もはや伝説と化し、ある意味ではたしかに見事だった戦後ドイツの再建は、敵国による破壊につづく、みずからの過去のいわば二度目の抹殺であった。労働が要請され、顔のない新たな現実が創造されるなかで、過去をふり返ることは当初から禁じられていた。再建は国民をそろって未来に向かせ、かつてわが身に出来《しゅったい》したできごとに沈黙を強いたのである。わずか一世代さかのぼる時代でありながら、ドイツ人による当時の証言はあまりにも乏しい。一九九〇年にハンス・マグヌス・エンツェンスベルガーが編纂したルポルタージュ集『瓦礫のヨーロッパ』に出てくるのは、軒並み外国人のジャーナリストや作家の文章である。しかも注意してよいのは、こうした報告が、ドイツではそれまでほとんどまったく顧みられてこなかったことなのだ。ドイツ語で書かれた数少ない報告は、国外に亡命した人か、あるいはマックス・フリッシュのような周縁にいた人物の手になる。戦時中もドイツに残った作家——たとえば自分たちが故国に留まって艱難《かんなん》の時を忍んでいたあいだ、亡命した連中はのうのうとアメリカの〈桟敷席〉に座っていた、と主張して亡命作家トーマス・マンを批判し、不幸な論争を引き起こしたヴァルター・フォン・モーロ、フランク・ティースら——は、破壊の過程についてもその結末についてもほとんど口を閉ざしている。現実に近いことを書けば占領軍の不審を招くかもしれない、という危惧も少なからずあったのではあろう。それなら一九四七年に自覚的に再出発をはかった戦後文学ならいささかなれ実情を明らかにしてくれるのではないかと期待されるの

「フランクフルトのかつてといま」

だが、世評に反して、これもやはり同時代の乏しい証言を埋め合わすにはいたっていない。いわゆる〈内的亡命〉にあった年長者の一団は、国内に留まることで自分たちは消極的抵抗をしていたとして自身の声望を取り戻すのに汲々とし、エンツェンスベルガーの言辞を借りるなら、自由とか西欧ヒューマニズムの遺産とかいった概念をくだくだと抽象的に言い立てていた(7)。他方、故国に戻ってまもない若い世代の作家たちは、おのれの戦場体験を語ること（それはともすればセンチメンタルな嘆き節に流れがちだった）に傾注するあまり、周囲を取り巻く時代の惨状には目をくれなかったように思われる。現実の感触にこだわりぬくと標榜したあの鳴り物入りの〈廃墟の文学〉、ハインリヒ・ベルによれば「ぼくたちが帰郷して（…）目の当たりにしたもの(8)」をテーマにしたというその文学ですら、仔細にみるならすでに個人および集合的な健忘症と歩調を合わせていたのであり、既成概念で語れなくなった世界についてことばを濁すための、おそらくはすでに意識下で自己検閲をうけた道具と化していた。ドイツ全土が陥っていた物心両面にわたる壊滅の実態は、万人にあてはまる暗黙の取り決めによって、語るべからざる事柄とされたのである。大多数のドイツ人が嘗めた破壊の最終章におけるもっとも暗澹たる部分は、こうしていわば恥ずべき、一種のタブーとも言える家族の秘密と化したのであり、その秘密はおのれ自身にすら打ち明けられないものとなった。一九四〇年代末までに書かれた文学作品のうちでは、わずかにハインリヒ・ベルの『天使は黙していた(9)』が、当時廃墟を真に見つめた人々を襲った恐怖の凄まじさに迫っている。底知れぬ憂鬱に色濃く覆われたこの物語が、それゆえに当時の読者に読ませられる類《たぐい》のものでなかったことは、出版社が、あるいはおそらくベル自身が感じていたのだろう、書物として刊行をみたのは、ほぼ五十年遅れの一九九二年だった。たしかに神の存在がまったく見失われてしまう第十七章、ゴンペルツ夫人のいまわのきわを描いたくだりは、いまでも心穏やかに読むことはできない。瀕死の夫人の口からどす黒く粘る血のかたまりがごぼごぼと湧き出し、胸にひろがって敷布を染め、ベッドの端を伝って、ぴたん、ぴたんと音を立てながら床にこぼれ、みるみる血溜まりをつくっていった――インクのごとき、ベルがわざわざ「真っ黒」と強調するその血こそは、生きようとする意志の前に立ちはだかる無力感《アケディア・コルデス》、そうした末期を目の当りにしたドイツ人が陥ったにちがいない暗澹とした抑鬱の象徴にほかならなかった。ベルのほかにはヘルマン・カザック、ハンス・エーリヒ・ノサック、アルノー・シュミット、ペーター・デ・メンデルスゾーンら数えるほどの作家が、物心両面にわたる破壊のタブーを破ろうと試みているが、ただし後述するように、その多くはいささか疑念の余地なしとしない。その後、戦争史家や郷土史家がドイツ諸都市滅亡のありさまをドキュメントしはじめたものの、大筋は変わらず、わが国の歴史の震撼すべき一章のさまざまな光景は、ついぞまともに国民的な意識にのぼることはなかった。一九七八年刊、ハンス・ブルンスヴィックの『ハンブルクの火災旋風』(シュトゥットガルト、モトアブーフ出版)といった、たいていは無名の出版社から刊行されたこれらの資料集は、不思議にもその火災旋風についてほとんど何も語っておらず、ほとんどのものが通常の感覚では咀嚼《そしやく》できない知識を無害化し、排除することに役立てられた。それらは一見たいした心理的な痛手もなく絶滅戦争から立ち直った共同体の、みずから感覚を麻痺させ得た驚くべき能力に立ち入って理解しようとする試みとはならなかったのである。ドイツ国民が内面を震撼させる動揺をほぼまったく欠いていたことは、新生ドイツ共和国の社会が、その前史に経た経験を完璧な抑圧のメカニズムに委ねたことをおそらく意味している。人々はその抑圧のメカニズムによって、零落からの出発を事実として認めこそすれ、心理的な負荷からは完璧に締め出すことができたのだった。さすがに、弱音ひとつ吐かずにものの見事に立ち直った、として栄光の歴史の一頁に加えはしなかったにしても。エンツェンスベルガーは「おのれの欠陥を美徳に高めたとでも考えないかぎり、ドイツ人のあの驚異的なエネルギーは理解できない。無感覚でいることが成功の条件だった」(10)と語る。ドイツの〈奇跡の経済復興〉の前提になったのは、マーシャルプランによる巨額の投資や、冷戦の勃発や、老朽化した工場の破壊(これは戦時中に大挙して飛来した爆撃機が腕ずくでやってくれた)のみではなかった。表立って言われることはあまりないが、全体主義社会でつちかわれた唯々諾々の勤労精神、逼迫した経済下での臨機応変の業務遂行能力、ナチ体制でのいわゆる〈外国人労働力〉投入の経験、そして歴史の重荷の除去——すなわち一九四二年から四五年にかけてニュルンベルク、ケルン、フランクフルト、アーヘン、ブラウンシュヴァイク、ヴュルツブルクなどの百年を経た住居ビルや商業ビルが灰燼《かいじん》に帰したことによる歴史の重荷の除去(この喪失を嘆く人々はじつはごくわずかだった)——が前提にあったのである。しかし奇跡の経済復興には、これら多少とも歴然とした要因に加えて、純粋に精神的な次元の触媒があった。それこそが、ひた隠しにされた秘密、すなわち自分たちの国家の礎には累々たる屍が塗り込められているという秘密を水源とする、いまなお涸れることのない心理的エネルギーの流れだったのである。戦後の歳月、民主主義の実現といった類の前向きな目標がなしえたよりもはるかに堅い結束をドイツ人にもたらし、いまなお結束させているものは、その秘密にほかならない。二度の失敗を経た大ヨーロッパ構想が新段階に入り、ドイツマルクの勢力範囲が一九四一年にドイツ国防軍が占領した地帯とほぼ重なるまでに拡がったことをこの脈絡で想起するのは、あながち不当なことではないだろう――歴史は不思議な仕方で繰り返すのである。

　イギリス空軍の大勢が一九四〇年に是認し、四二年二月を以て莫大な人的資源と戦時物資を動員して実施された無差別絨毯爆撃が、戦略的ないし道義的にそもそも妥当であったのかどうか、あるいはいかなる意味において妥当であったのかという点については、四五年以降の歳月、私の知るかぎりではドイツにおいて一度も公的な議論の場に乗せられたことはない。詮ずるところ、そのもっとも大きな原因は、何百万人を収容所で殺害しあるいは過酷な使役の果てに死に至らしめたような国の民《フォルク》が、戦勝国にむかって、ドイツの都市破壊を命じた軍事的・政治的な理屈を説明せよとは言えなかったためであろう。また、たとえば作家ハンス・エーリヒ・ノサックによるハンブルク潰滅の記録である短篇「滅亡」（短篇集『死神へのインタヴュー』所収）にほのめかされているように、明らかな狂気の沙汰に対してぶつけようのない憎悪を胸にためていたにしろ、空襲の罹災者のうち少なからぬ者が、空襲の猛火をしかるべき罰、逆らえぬ天罰であるとすら感じていた可能性もある。当時、ナチスの新聞や帝国放送は、嗜虐的なテロ攻撃だの空の蛮族だのと相も変わらぬ甲高い調子で言い立てていたが、それ以外には、数年にわたった連合軍の破壊行動を非難する声があがったことはほとんどなかったという。複数の証言によれば、ドイツ人は眼前で起こりつつある惨事に、言葉もなく魅入られていたのだった。「もはや、敵と味方の区別のような小さな違いは考慮に入れる時ではなかった」[11]とノサックは書いている。こうしてドイツ人が都市の潰滅を不可避のさだめと感じて、おおかたは黙って受けとめたのに対し、イギリスにおいては、無差別爆撃作戦は当初から激しい論争にさらされていた。ソールズベリー卿やチチェスター主教ジョージ・ベルは、貴族院における演説や世論への訴えかけにより、一般市民を主な標的とする戦略は、戦時国際法に照らしても道義的見地からしても是認できない、とくり返し舌鋒するどく非難した。当の軍の中心部においてすら、新戦法の位置づけについては意見が割れていた。ドイツが無条件降伏したあとも、潰滅戦の評価をめぐる賛否両論はいっそう声高になっていった。絨毯爆撃の成果が新聞記事や写真で報道されればされるほど、いわば盲滅法にやったことへの嫌悪感が膨れ上がっていったのである。マックス・ヘイスティングズは「平和が確立されてみると、この戦争の空爆の部分は、政治家市民ともどども、忘れ去りたいことのひとつであった[12]」と書いている。歴史記述においても倫理的ジレンマは解消されなかった。異なる論者間の反目は回想録においても続けられ、客観的なバランスを旨とする歴史学者たちの見解も、かくも大規模な事業を組織したことへの称讃の念と、良識にまったく反して徹頭徹尾冷酷に完遂された作戦の無益さ、非道さへの批判とのあいだで揺れた。地域一帯を爆撃するいわゆる〈絨毯攻撃〉の戦略は、もとをたどれば、イギリスが一九四一年に置かれていたきわめて周縁的な位置に起因する。当時、ドイツは勢力の絶頂期にあった。軍隊はヨーロッパ大陸をほぼ制圧し、アフリカとアジアに攻め入ろうとしていた。イギリスは有効な対策を講じられないまま、島国をその運命に委ねていた。こうした情勢下にあって、首相チャーチルはビーヴァーブルック卿に宛てた書簡に次のように記している。ヒトラーに一泡吹かせる方法はひとつしかない、それは「わが国から超重爆撃機を飛ばして、ナチの本国を徹底的に破壊しつくす潰滅攻撃をしかけることだ[13]」と。しかしながら、当時そのような作戦を実行するためのお膳立てはまったく整っていなかった。生産基盤もなければ飛行場もなく、爆撃手を育てる計画もなければ、効果的な爆薬も、新式の航法技術もなく、そして参考になりそうな経験のひとつもなかったのである。総じていかに手詰まりだったかは、四〇年代初頭に首をかしげるような策案が大まじめに検討されたことからもわかる。たとえばある案は、杭《くい》の鉄製先端部を耕地に投下して、収穫を妨害するというものだった。ドイツから亡命してきたマックス・ペルッツなる雪氷《せっぴょう》学者が取り組んだのは、〈氷山空母・ハバクック計画〉の実験だった。パイクリートと称する人工的に強度をつけた氷の一種を用いて、巨大な不沈空母を建造しようというのである。眼に見えない光線で防衛網をつくるという諸実験も、荒唐無稽さにおいて引けはとらなかった。ルドルフ・パイエルスとオットー・フリッシュはバーミンガム大学で計算にいそしんだ。ただし、原子爆弾の製造が可能の領域に近づいたのはこの計算によるものである。このようなほとんど荒唐無稽の発想にくらべ、はるかにわかりやすい絨毯爆撃戦略が採用されたのは、不思議でも何でもないだろう。絨毯爆撃は目標を狙う正確さには欠けるものの、いわば敵の領土を縦横に移動できる動く前線であり、一九四二年二月に「敵国民の士気、なかんずく工場労働者の士気をくじくため」[14]に閣議決定され、実行に移されたのである。

命令が発せられたのは大量爆撃によって戦争を一刻もはやく終結させるためだった、とはよく主張されるところである。しかしそうではない。むしろ、戦争に対処する選択肢がそれしかなかったのだった。仮借ない破壊戦略に対してのちに浴びせられた批判（連合軍の犠牲もかんがみて）には、次のものがあった。絨毯爆撃は、軍需工場、石油等燃料施設、交通の要衝、幹線道路などをピンポイントで選択的に攻撃できるときにすら行われた、アルベルト・シュペーアも回想録に記しているように、それだけで短期間に生産システムを全面的に麻痺させることは可能だったはずなのに[15]、というのである。また都市空爆に対しては他にも、本格的な空爆をどれだけ続けようがドイツ国民の士気はいっこうに衰えなかったし、工業生産にもたいした損害は与えられず、戦争終結は一日たりと早まらないことは一九四四年春にはもう明らかだったはずだ、という批判もある。にもかかわらず戦略的攻撃目標は修正されず、その結果義務教育を終えてまもないイギリスの爆撃手たちがロシアン・ルーレットに身をさらして、事実百人につき六十人の死者を出したのであった。とすれば詮ずるところ、ここには公式の歴史記述にはほとんど出てこない別の要因があったのである。ひとつには物資・組織ともに、絨毯爆撃の事業は、A・J・P・テイラーの計算によるとイギリスにおける戦争物資生産高の三分の一を占め[16]、それ自体すでに大きく弾みがついていた。この方針を短期間で転換したり規模を縮小したりすることは論外だったのである。ましてや三年ががりで生産設備や産業基盤がおおはばに拡充された結果、事業は最盛期を迎えていた。破壊の能力はいわば頂点に達していたのである。せっかく生産した物資・機械・高価な貨物を使いもせずにイースト・アングリアの飛行場に放置しておくなど、健全な経済感覚の許すところではなかったわけだ。かてて加えて、大陸にある敵との接触がほかになかった時期に、連日の壊滅報道が持つプロパガンダとしての価値は、イギリスの戦意高揚にとって不可欠であり、これが爆撃続行の決定打となった。こうした理由から、作戦の無意味さがすでに明白になったあとも、都市爆撃戦略を頑として主張したアーサー・ハリス卿（爆撃司令部総司令官）の罷免は問題にされなかったのであろう。「〈爆撃屋ハリス〉は、専制的で口うるさいはずのチャーチルを独特の仕方でうまく抑え込んでいた[17]」とコメントする者もいる。無防備の都市への恐ろしい空爆についてはおりにふれて疑義を表明していたチャーチルも、反論にまったく耳を貸さないハリスの影響あってだろう、現在行われているものは崇高な詩的正義であり、「人類に対する畏怖の念をゆるがせにした者たちが、いまその住処において、わが身をもって義しき報復の強烈な一撃をあじわうことになるのだ[18]」と考えて納得したのだった。ハリスが爆撃司令部の総司令官になったことは、ソリー・ズッカーマンの言を借りるなら、破壊のための破壊を愛する者[19]、敵を住処・歴史・自然環境もろとも可能なかぎり殲滅するというあらゆる戦争の究極の原理の申し子のような人間がその地位に就いたということに等しかった。作家エリアス・カネッティは、もっとも純粋な形で表れた権力の魅惑を、累積犠牲者数の増加に重ねている。まさにその意味で、破壊へのあくなき関心のゆえにこそ、アーサー・ハリス卿の地位は不動だったのだ。一切の妥協なしに貫徹されたハリスによるシステマティックな潰滅計画は明快そのものであり、この明快さと較べれば、燃料補給遮断といった現実的な代替案はたんにお茶を濁すだけのように映ったのである。爆撃戦はまさしくピュアな、むきだしの戦争であった。エレイン・スカリーが洞察力に富んだその著作『痛む身体』に明らかにしたように、戦争の犠牲者はなんらかの目的を達成するための手段として犠牲になったのではない。厳密な意味において、犠牲者は手段であるとともに目的だったのである[20]。

ドイツの都市空襲について入手できる情報——出所も種類もさまざまであり、また断片的なものが多い——は極度に限定された、一方的か偏向した視点をとっているがために、大半が奇妙なぐあいに経験に対して眼を塞がれている。たとえばベルリン空爆の初の実況中継は、BBCの一般家庭むけ放送《ホームサーヴィス》でなされたが、より高次の視点から出来事を眺めうるだろうと期待して聞くと、いささか失望せざるを得ない。危険がつきまとっていたとはいえ、夜間飛行ではとりたてて描写すべきことが起こらなかったため、レポーターのウィンフォード・ヴォーン＝トマスは最小限の事実でやりくりしなければならなかった。レポーターがときおり声に劇的な調子を交えるおかげで退屈な印象をようやくまぬかれている、といったところなのである。聴取者は、宵闇が降りるとともにランカスター爆撃機が重い機体を浮かべ、やがて白い海岸線を下に見て北海を指していく様子を聞き取る。「いよいよです、私たちのすぐ眼前に」とヴォーン＝トマスがはっきりそれとわかる震え声でコメントする。「闇が、ドイツが、横たわっています」。ドイツの防空線《カムフーバー・リーニエ》に配されたサーチライト網が見えてくるまでの間、むろんのこと編集して大幅に短縮された飛行時間を使って、聴取者に乗組員が紹介される。戦争が始まるまでグラスゴーで映写技師をしていた航空機関士スコッティ。爆撃手スパーキー。航空士コナリー。コナリーは「ブリスベン出身のオージー《オーストラリア人》です」、「中央右側の射撃手は、開戦前は広告業界にいました。後部射撃手はサセックスの農夫です」。機長の名は明かされない。「海上に出てからかなりたちました。われわれは敵国海岸線にむけ、依然警戒を続けています」。監視の報告と技術的な指示がさまざまに取り交わされる。それまでに聞こえてくるのは巨大エンジンの轟音ばかりだ。都市に近づくと、矢継ぎ早にことが起こる。高射砲の一斉射撃の光芒、その中をくねるサーチライトが、機体をとらえる。一機が撃墜される。ヴォーン＝トマスは劇的な頂点をそれにふさわしく演出しようと努める。「サーチライトの壁です、何百という円錐の群れです。ほとんど隙間のない光の壁、そ

の壁の背後にさらに強烈な光の海がある、赤に、緑に、青に燃え、その海の上、無数の炎が空を舞っている。これが都市です！　……いま、物音がしなくなりました」、とヴォーン＝トマスは続ける、「われわれの飛行機のうなり声が、ほかのすべての音をかき消しています。われわれは音のない、世界最大の花火大会のただなかに突入しようとしています。いま、ベルリンに爆弾投下」。しかし、前哨戦のあとにはなにも起こらない。すべてがあっという間の出来事だ。飛行機はすでに目標地域を飛び過ぎてしまっている。乗務員の緊張がほどけ、にわかに饒舌がはじまる。「無駄口が過ぎるぞ」と機長。「すごいぜ、こりゃいい眺めだ」とひとり。「いままでで最高だ」ともうひとり。しばらくのち、三人目がいくらか声を落として、ほとんど畏怖に近い調子で言う。「あの火を見ろ！　凄まじい！」[21]。こうした大火災が、当時ほかにもどれほど起こったことであろうか。かつて私は射撃手として出撃した人の話を聞いたことがある。飛行機がとうにオランダの海岸に出てしまってからも、後部銃座から燃え上がるケ

ルンの市街が見えていたそうだ。暗闇にぽつんと上がった炎は、動かない彗星の尾のように見えた。ニュルンベルクの炎上は、エアランゲンやフォルヒハイムからも眺められただろうし、ハイデルベルク近辺の丘からは、マンハイムやルートヴィヒスハーフェンの上空が赤く染まっているのが見えたことだろう。ヘッセン公は一九四四年九月十一日夜、所領庭園の端に立って、十五キロ先のダルムシュタットの市《まち》を見晴るかした。「光の輝きはいや増しに大きくなり、ついには閃光のきらめくなか、南天があまねく赤と黄に燃えた[22]」。テレージエンシュタットの小要塞に幽閉されていた囚人のひとりが回想している。囚人房の窓から、炎上するドレスデンの空が赤く染まっているのが、七十キロの距離からもはっきり見て取れた。そしてあたかもすぐ近くの地下室に十トン袋でも落としたように、鈍い爆撃音が聞こえてきた、と[23]。反体制的発言によってファシストに終戦間際ダッハウに送られ、そこでチフスに罹患して死亡した作家フリートリヒ・レックは、真正の時代の証言として評価しても評価しすぎることのないその日記に次のように書き残している。一九四四年七月のミュンヘン空襲は、はるかキームガウあたりまで大地を揺るがせ、衝撃波によって窓ガラスが砕け散った、と[24]。これらは全土を覆った惨禍を歴然と示すものだったが、しかるに当時、その破壊の性質と規模について正確に知ることはままならなかった。知ろうとする欲求と、感覚を閉ざそうとする傾きが相容れなかったのである。一方では大量の偽情報が出回った。他方には、いかなる想像も及びがたい数々の実話があった。ハンブルクでは二十万人が死んだ、と噂された。レックは書いている。すべてを信じるわけにはいかない、なぜなら「ハンブルクからの避難民の頭が混乱の極みにあること」や「彼らの記憶の欠落、倒壊する自宅から逃げたときのままパジャマ姿でうろついている様子[25]」についてはさんざん耳に入ってきていたから、と。ノサックも同様の報告をする。「最初の数日のうちは、正確な情報を得ることはできなかった。あちこちで語られることは個々の点で一致したためしがなかった[26]」。おそらく体験の衝撃によって記憶能力が一部欠落したか、あるいは欠落した埋め合わせとして、記憶にでたらめなふるいがかかったのだろう。惨禍を逃れてきた人々は、信用のおけない、半盲の証人であった。アレクサンダー・クルーゲによる『一九四五年四月八日のハルバーシュタット空襲』は、一九七〇年になってようやく書かれたものであり、戦意喪失を狙うといういわゆる〈精神的爆撃〉の効果のほどにはじめて疑問を呈した書物であるが、このなかに、戦後ハルバーシュタットの生存者にインタビューした某アメリカ人軍事心理学者のことばが引用されている。彼は次のような印象を受けた。「明らかに生まれついての話し好きでありながら、人々は想起する心の力を失ってしまっていた。それは壊滅したまさにその市域において顕著だった[27]」。この見解はさも実在の人物のものであるかのように書かれているが、じつはクルーゲの有名な疑似ドキュメンタリー手法による架空のものである。しかしこうした症候群の存在を指摘したのは、まさに彼の炯眼だった。たしかに、命からがら逃げてきた人々の話は概してどこかちぐはぐである。妙にとりとめがなく、記憶の持ち主のふだんの様子とはあまりに食い違うため、作り話か、噂話ではないかとすら思えるほどだ。証言のなんとなしの嘘臭さは、ステレオタイプな言い回しが多用されることにも依っている。「炎の餌食」「宿命の夜」「ごうごうと燃えさかる」「地獄がはじまった」「われわれは地獄を見た」「ドイツの都市を襲った恐ろしい運命」といった一連の表現が用いられるや、潰滅の極限における想像を超えた現実は生色を失ってしまうのである。こうした表現の効能は、理解を絶する体験に蓋をして、毒消しをすることにある。クルーゲの書物に登場するアメリカ人研究者が、惨禍の調査中フランクフルトで、フュルトで、ヴュルツブルクで、そしてハルバーシュタットで耳にした「わたしたちの美しい町が灰燼に帰したあの恐ろしい日……」[28]といった言い回しは、実のところ記憶の想起を妨げるための身振りにほかならないのだ。ドレスデンの最期を綴ったヴィクトール・クレンペラーの日記[29]ですら、型どおりの表現の域を出るには至っていない。ドレスデンの滅亡についてわれわれが現在知るかぎり、火の粉を浴びながらブリュール・テラスに立って燃える市街のパノラマを眺めた人間が正気を保ったまま逃げおおせたとは、とうてい信じがたいのだ。証言の大半において通常の言語が損なわれた様子もなく機能しつづけていることによって、そこに述べられている体験の真正さは疑わしくなる。建物、樹木、住民、ペット、家財道具もろとも数時間のうちに都市がまるごと燃えて無くなるということは、運よく逃れ得た人々の思考や感覚の許容量を疑いなく超えていただろうし、思考や感覚の麻痺を起こさずにはいられなかっただろう。個々の証言は、それゆえに額面通りに受け取ることはできない。概観的・人為的な視点から開けてくるものを補う必要があるのである。

一九四三年盛夏、長びく猛暑のさなかに、イギリス空軍は応援のアメリカ第八空軍とともにハンブルクを連続爆撃した。〈ゴモラ作戦〉と称する作戦の目標は、市街を及ぶかぎり完全に潰滅させ、灰燼に帰せしめることだった。七月二十八日深夜一時にはじまった攻撃で、一万トンの爆裂弾と焼夷弾がエルベ河東部のハンマーブロック、ハム＝ノルト、ハム＝ズュート、ビルヴェルダー＝アウスシュラーク、およびザンクト＝ゲオルク、アイルベク、バルムベク、ヴァンツベクの一部といった人口の密集した住宅地に投下された。すでに効果のほどが証明された方法でまず四千ポンドの爆裂弾が家々の窓と扉を吹き飛ばし、ついで軽量の発燃剤が屋根裏に火をつけた。ほぼ同時に重さ十五キロの焼夷弾が階下を貫いた。ものの数分で、爆撃されたおよそ二十平方キロ全域に火の手が上がり、またたく間に炎が寄り集まって、最初の爆弾投下から十五分後には空域全体が見渡すかぎりたったひとつの火の海になった。さらにその五分後の午前一時二十分、いまだ人の想像し得なかった規模で、火災旋風が発生した。火焔は二千メートルの上空に達して、凄まじい力で酸素を吸い込み、台風並みの勢力に達した空気流が、巨大なパイプオルガンの音栓をいっせいに引いたかのような轟音をたてた。その状態で火災が三時間つづいた。最盛時には火災旋風は家の破風や屋根を引き剝がし、梁や広告板を宙に巻き上げ、樹木を根こそぎにし、人間を生きた松明にして飛び回らせた。崩れたファサードの背後でビルの高さまで火柱が上がり、それが洪水さながら時速百五十キロで通りを駆け抜け、広場では炎の筒になって、奇妙なリズムでぐるぐると旋回した。運河のいくつかでは水が燃えた。市電の車両はガラス窓が溶け、パン屋の地下では貯蔵してあった砂糖が煮えたぎった。防空壕から逃げ出してきた人々がグロテスクに体をねじ曲げて、溶けたアスファルトのあぶくの中に突っ伏していた。その夜どれだけの数が死んだのか、死の前にどれだけの気が触れたのか、たしかなことは誰も知らない。朝が来ても、夏の陽光は市を覆った鉛色の暗がりを突き抜けてはこなかった。煙は八千メートル上空まで上がり、そこで拡がって、鉄床《かなとこ》形の積乱雲になっていた。物が揺らいで見えるような熱が、燻《くすぶ》りつづけ赤く熱せられた瓦礫の山から長時間放出された。爆撃機のパイロットは、飛行機の内壁からそ

の熱を感じることができたと報告している。街路二百キロ分にわたる住宅が完膚無きまでに破壊された。不気味にねじ曲がった肉体がいたるところに転がっていた。青っぽい燐光がまだちろちろと燃えているものもあれば、褐色や紫色に焼けて、もとの体の三分の一に縮んでいるものもあった。それらは二つ折りになって、わが身の脂肪が溶解してできた、一部はすでに冷え固まっていた脂肪溜まりに横たわっていた。つづく数日に死の地帯の中心部が閉鎖された。八月に入って、瓦礫のほとぼりが冷めてから、刑務所や強制収容所の作業班が片付けに入った。彼らは一酸化ガス中毒のためテーブルについたまま、あるいは壁にもたれて座ったまま死んでいる人間を発見した。他の場所では、肉塊や骨やあるいは折り重なった肉体が、ボイラーの爆発で噴出した熱湯によって完全に茹だっていた。またあるところでは一千度かそれ以上に達した熱によって人間が完全に炭化して灰になり、家族全員の遺骨と遺灰を洗濯かごひとつに入れて運べるほどであった。

生き残った者のハンブルク脱出は、はやくも空襲当夜に始まった。ノサックが短篇「滅亡」に書いている。「周辺のあらゆる道路で絶え間のない車の波が始まった（…）、行くあても知らずにハンブルクから流れ出てゆくあの脱出の波が」[30]。百二十五万からの難民が帝国の隅々に散らばっていった。フリートリヒ・レックは、先に引用した一九四三年八月二十日付けの日記のくだりで、そうした避難民四十人から五十人がオーバーバイエルン地方のある駅で列車に向かって殺到した、と書いている。そのとき、ダンボール製の一個のトランクが「プラットホームに落ち、はじけて中身が外に飛び出した。おもちゃ、爪切りセット、焦げた下着。そして最後に、焼けてミイラのように縮んだ一体の子どもの屍。半分気の触れたひとりの女が、わずか数日前まで恙《つつが》なかった過去の生活の遺物として、持ち運んでいたものだった」[31]。この無惨な情景がレックのでっちあげであるとは考えにくい。おそらくはこのような、生き延びる遮二無二の意志と鉛のような無気力のあいだを行き来していた錯乱した避難民の姿を通じて、ハンブルク潰滅の恐ろしい知らせはドイツ全土に広められたのであろう。少なくともレックの日記は、報道が規制されて詳しい情報がいっさい流されなかったにもかかわらず、ドイツの諸都市がいかなるむごたらしい仕方で滅びていったかを示す証左になっている。この一年後、レックは最後のミュンヘン大空襲のあとで何万という人々がマクシミリアン広場で野宿していた様子を綴り、つづけてこう書いた。「近くの帝国アウトバーンを、避難民のはてしない流れがつづく。疲労の極にある老女たちが、残ったわずかな所持品を長い棒にくくりつけてかついでいる。哀れにも故郷を失って焼け焦げた服を着た人々が、炎の渦や、一切を吹き飛ばした爆発や、瓦礫の下敷きになったことや、地下室での惨めな窒息死などの恐怖をいまだ映した眼をしている」[32]。こうした報告で注目に値するのは、その数の少なさである。あれだけ長期にわたった大規模な潰滅作戦の経過と影響について、ひとりノサックを例外として、ドイツの作家はこの歳月にどうやら誰も具体的なことを書こうとしなかった、もしくは、書けなかったのだった。戦争が終わっても事態に変化はなかった。戦勝国への羞恥と意地によって生じたなかば自然な反応が、押し黙り、眼を背けることだったのである。一九四六年秋、スウェーデンの新聞エクスプレッセン紙にドイツから記事を寄せたスティーグ・ダゲルマンは、ハンブルクから次のように報告している。月明かりの晩、ハッセルブルック・ラントヴェアア間を鈍行に乗って、だだっ広い荒涼とした風景の中を十五分ほど走った。おそらくヨーロッパ全土で最も身の毛のよだつ廃墟の風景を通り抜けたしばしの間、そこにたったひとつの人影も眼にしなかった。ダゲルマンは書いている、ドイツ全土がそうであったように、列車は満員だった。しかし外の景色を見る者は誰ひとりいなかった。そして外を眺めていた自分は、それゆえに、他所者《よそ》だと見抜かれたのだった、と。(33)

ニューヨーカー誌に寄稿したジャネット・フラナーも、ケルンで同様の観察をしている。報告のひとつにはこうある。ケルンが「その河岸に横たわっている。(…)瓦礫に埋まり、完膚無きまでに破壊されて、孤独に(…)人影もなく……」。報告は続く。「市《まち》のいのちの残り滓が、瓦礫に埋もれた路地裏を、骨を折り折り進んでいく。縮みしぼんだ住民が、黒衣に身を包んでいる——押し黙って。市が押し黙るのと同じに」(34)。この沈黙、この内閉性、眼を逸らすこのありかたが、一九四二年から四七年の五年あまりにドイツ人が何を考え、何を見たかを私たちが現在ほとんど知らない所以なのだ。彼らが暮らした廃墟は、いまだに戦争における未知の地《テラ・インコグニタ》であり続けている。ソリー・ズッカーマンはこの欠落をひょっとしたら予感したのだろうか。有効な戦略をめぐる議論に直接関わり、したがって無差別絨毯爆撃の効果にいわば専門的な関心を抱いていた者として、ズッカーマンもまた、破壊されたケルンの市をいちはやく訪れた。そこで目の当たりにしたものの衝撃はロンドンに帰ってからも冷めやらず、彼は〈破壊の博物誌〉と題した報告を書く、と《ホライズン》誌の発行者シリル・コナリーに約束した。それから何十年後かに綴られた自叙伝で、ズッカーマン卿は、結局この報告は書けなかった、と述懐している。「わたしがはじめて眼にしたケルンは」、と卿は書く、「わたしが過去に書いたものなどの及びもつかない表現を求めていた」[35]。八〇年代になってから、ある折りに私はズッカーマン卿にこのことについて訊ねたことがある。当時具体的にどんなことを書こうとしていたかを、卿はもう思い出せないと語った。ただ瞼に残っているのは、石の荒野に真っ黒に聳えていたケルン大聖堂の姿と、瓦礫の山の上で見つけた、一本のちぎれた指ばかりだ、と。

2

破壊の博物誌はどのように語りだすべきだったのだろう。大空爆実行にあたっての技術的・組織的・政治的前提のあらましを述べることだろうか。あるいは火災旋風という、その時まで誰も知らなかった現象を科学的に説明することだろうか。あるいは、典型的な死に方の例を病理学的にリストアップすることだろうか、それとも人間の逃走本能や帰郷本能について、行動心理学の立場から究明することだろうか。ノサックは、ハンブルク大空襲のあと、人々の移動の流れには決まった道筋というものがなく、「音もたてず、しかしとだえることなく、あらゆるものを呑みつくして」いき、小さな水路を伝って、遠く離れた村々にまで不安を運んでいった、と書いている。どこかにねぐらを見つけたと思うまもなく、避難民はすぐさままた腰を上げる。先をめざすか、あるいはハンブルクに取って返そうとする。それは、「なにかを持ち出すためとか、あるいは身内の者を捜すためとか」だったのかもしれないし、あるいはまた、殺人犯を犯行現場に立ち戻らせるあの得体の知れない理由からだったのかもしれない(36)。いずれにしても数え切れない人の群れが、来る日も来る日も移動していったのだった。のちに作家ハインリヒ・ベルは、戦後のドイツ人の旅行好きは、このような集合的に根こぎにされた体験に端を発しているのではないか、と推測している。どこにも尻を落ち着けることができず、いつもどこか他所《よそ》にいずにはいられない、という感覚だ(37)。行動学的に言うなら、空襲で焼け出された人々が脱出し舞い戻る動きは、のちに惨禍から何十年を経てできあがる移動社会に参入するための、さしずめリハーサルだったというところだろうか。移動社会のもとでは、たえまない落ち着きのなさが徳目となったのである。

　人間の取り乱した行動はさておき、壊滅的攻撃からしばらくのちに都市の自然に起こった目を惹く変化はといえば、まちがいなく、埋葬されていない死体に寄生生物がたかって、爆発的に増えたことだった。これについての観察や論評がおどろくほど少ないのは、それが無言のタブーと化していたからである。ましてや当時のドイツは、ヨーロッパをあまねく浄化し、害虫駆除することを標榜していた国であった。じつは自分たちこそドブ鼠だったという恐怖だけは、なんとしても避けたかったのだと考えれば、それも腑に落ちるだろう。当時出版をみあわされたハインリヒ・ベルの長篇小説には、鼻をひくつかせて瓦礫の山からおそるおそる道路に出てくる一匹の鼠の姿が描かれている。ヴォルフガング・ボルヒェルトも、名高い短篇の佳品「夜は鼠も寝る」を書いた。瓦礫に埋もれた弟の死体のそばで番をしている少年が、鼠も夜は眠ると言われて、ようやく安心するという話である。私の知るかぎりこのテーマに関しては、当時の文学ではあとノサックに一か所記述があるばかりだ。縞の服を着た囚人たちが「かつて人間だったものの残滓」を取り除くために駆り出された際、死の地帯の防空壕に転がっている死体にたどりつくためには、火炎放射器を使わなければならなかった。それほどに蠅が音を立てて群れ飛び、地下室は階段といい床といい、ぬるぬるした指ほどの長さの蛆にびっしりと覆われていたのである。「ドブ鼠と蠅が市を支配した。

あつかましく、太って、ドブ鼠は通りを駆けまわった。だがもっと吐き気をもよおさせたのは蠅だった。それは、大きな緑色に輝く、まだ見たこともないようなやつだった。そいつらは、かたまりになって敷石の上を這いまわり、まだ残っている壁のところで重なりあって交尾し、窓ガラスのかけらに身を寄せ、たっぷりと体を暖めていた。もう飛べなくなると、小さなすき間を通り抜け這いながらわたしたちの後についてきて、あらゆるものをよごした。そして彼らのかさこそ、ぶうんという羽音が、わたしたちが目覚めるとき耳にする最初の物音であった。十月になってようやくそれは止んだ(38)」。いつもならあらゆる手段で駆除されてきた虫がかくも繁殖している光景は、廃墟の都市における生活の稀有のドキュメントである。むろん、生き残った人々の多くは、廃墟の世界でおぞましさの極みのような場面に直面することはなかったかもしれない。だが、少なくとも蠅はところかまわず追いかけてきた。そして言うまでもなく、ノサックの記す臭い――「腐敗と腐朽の臭い」が「市をおおっていた(39)」。破壊のあとの数週間から数か月間に、厭世の感に打ちのめされた人々の消息はほとんど何も伝えられていない。だが少なくともベルの長篇小説『天使は黙していた』の主人公ハンスは、また人生を一からやり直さなければならないことに暗澹たる想いを抱いていた。すっぱり投げ出してしまう方が、「階段を降りて、夜闇のなかに歩いていく方が(40)」、どんなに楽だろう、と彼は思う。特徴的なことに、この何十年後の作品においても、ベルの主人公たちには生きようとする強い意志が欠けている。繁栄する新社会にあって、スティグマのようにこびり付いて離れないその欠落感は、瓦礫の下で恥辱と感じられた身が引きずっているものだ。戦争末期の破壊された大都市で多くの人々がどれほど自己消滅の瀬戸際にあったかは、E・キングストン＝マクラウリーの覚え書きが語っている。焼け出された人々が何百万人とあてもなさそうに不気味な焦土をさまよっている光景は、背筋の凍るような、心底ぞっとする眺めだった、闇が降りると廃墟のあちらこちらに住まいの明かりが灯っていたが、とはいえその人たちがどこでねぐらにありついたのかは、誰も知らなかった、と。[41] ここには、見知らぬ得体の知れない民の死者の街がある。人々は、市民として送っていた生活と歴史から引き剝がされ、発達段階を逆戻りして、住処のない採集生活者になってしまった。だから瞼に思い描いてみよう。「遠く、小菜園の続くかなた、鉄道の土手のむこうに（…）焼けただれた都市《まち》の廃墟がそびえている。ぎざぎざの真っ黒いシルエットだ」[42]。その前には低い、セメント色をした瓦礫の山の風景がある。乾いた赤いモルタルの埃が、巨大な雲になって死に絶えた地域にただよう。人間がたったひとり、瓦礫をあちこちつつき回している。[43] 無人地帯のただなかに、ぽつんと残った鉄道の駅。ベルの表現を借りるなら、どこからこうふいに現れたのかわからない、瓦礫の山から湧いて出たかのような人々。「眼に見えず、音もなく（…）この無の野原から現れ（…）行く道も行き先も知らぬ亡霊。包みや袋やダンボールや木箱を携えた影たち」[44]。その人々が生きている街に、いっしょに戻ってみよう。街並みを行くと、焼けただれて外壁だけになった建物の二階の高さまで瓦礫が積もっている。私たちは眼にする。人々が野外に小さなかまどを造り（ジャングルのなかでのように、とノサックは書いている）[45]、その上で料理をしたり、湯を沸かして洗濯をしているのを。壁の残骸から突き出しているストーブの煙突。じわじわとあたりに拡がっていく煙、頭をスカーフでくるみ、手に石炭シャベルを持った老女。[46] 一九四五年の祖国は、ほぼこのようなありさまだったのにちがいない。スティーグ・ダゲルマンは、ルール地方のある都市で、地下室暮らしをしていた人々のことを書いている。汚いしなびた野菜と怪しげな肉片を煮込んだ胸のむかつくような食事。地下の穴倉を領する煙、寒さ、飢え。咳をする子どもたち。たえず水が床を浸しているために、破れた靴のなかで水がちゃぷちゃぷと鳴っている。ダゲルマンは学校の教室について書いている。窓ガラスが割れてしまったため、筆記用の石板で窓が塞いである。だから内部はまっ暗で、子どもたちは目の前の教科書を読むこともできない。ハンブルクでは、とダゲルマンは綴る、シューマン某という銀行員の男性と話をした。地下室暮らしはもう三年目だという。このような人たちのまっ白な顔は、空気を吸いに水面に浮いてきた魚そっくりである、と。(47) 一九四六年秋の一か月半、ハンブルク、デュッセルドルフ、ルール地方といったイギリス占領地区に滞在し、イギリスの新聞に連載記事を寄せたヴィクター・ゴランツは、食糧不足、欠乏症疾患、饑餓水腫、衰弱、皮膚病、結核罹患者数の急増などについてつぶさに報じている。ゴランツもまた深甚な無気力について言及し、それを当時大都市の住民に見られたきわだった特徴としている。「あまりに無気力にふらふらと歩いているので、車に乗っているとあやうく轢きそうになる」(48)、と。敗戦国から発信されたゴランツの記事でなによりも驚くべきは、ドイツ人の履いていた継《つ》ぎ接《は》ぎの履き物についての小論「ブーツ、この悲惨」であろう。というべきか、驚かされるのは記事そのものよりも、のちにルポを書籍化したときに添えられた写真のほうである。この靴によほど心を惹かれたらしい著者が、一九四六年秋にわざわざ撮影したものだ。落ちぶれかげんがはっきり形として見えるこうした写真は、ソリー・ズッカーマンが当時脳裡に描いていたような〈破壊の博物誌〉に収められてしかるべきものだったろう。同じく、ベルの小説『天使は黙していた』の一節にも、語り手が、空襲のあった時期は瓦礫の山から生え出

た植物のぐあいでわかる、と述べているくだりがある。「植物を見ればよかった。ある場所の瓦礫は丸裸のむきだしで、石がごろごろ転がり、崩れたての壁があるばかりで（…）どこも草一本生えていない。ところが別の場所では、すでに樹が生い育っている。寝室や台所に可愛らしい小さな樹が根を下ろしていた」[49]。終戦間近には、ケルン市街のあちこちで瓦礫の原に濃い緑が繁っている場所ができ、道路は変貌した風景のなかをあたかも「のんびりした田舎の切り通し」のようにのびていた。今日の世界にじわじわと拡がりつつある厄災とは対照的に、このとき、自然の再生能力は火災旋風によっても損なわれなかったとみえる。事実ハンブルクでは、大火災から数か月後の一九四三年秋、マロニエやライラックなどの樹々や藪の多くが二度目の花を咲かせた[50]。もしもモーゲンソウ計画（アメリカの政治家モーゲンソウが提唱したドイツの戦後処理案。ドイツを非工業化し、農業国に戻すべきとした）が実行されていたとすれば、国中の瓦礫の山が森に覆われるまでにどれだけかかっていただろうか。

かわりに驚くべき速度で甦ったのが、社会生活という、別の自然現象であった。当時のドイツにおけるほど、知りたくないことを忘れる人間の能力、眼前のものを見ずにすます能力が端的に確かめられた例は稀有であったろう。人々は、当初まずは衝撃のあまり、あたかもなにごともなかったようにふるまうことに決めたのだ。ハルバーシュタット市空襲についてのクルーゲの報告は、映画館に勤めていたシュラーダーという女性の話ではじまる。爆弾が落

ちたあと、彼女はすぐさま防空壕にあったシャベルを持ち出し、「十四時の上映までに瓦礫を片付けよう」とした(51)。地下室では人間の肉体がばらばらになって煮えていたが、それらはとりあえず洗濯室の煮沸釜にぶちこむことで始末した。ノサックは、空襲から数日後、ハンブルクに戻ったときにひとりの女を見かけた。その女は、「ひとつだけ壊されずに、瓦礫の荒れ地のあいだにぽつんと立っている家で」窓を拭いていた。「気のふれた女を見ているのだと思った」とノサックは記して、こうつづける。「おなじことは、子供たちが小さな前庭を掃除し、熊手でならしているのを見たときにも起きた。それは、とても理解できないことだったので、ほかの人々に、それがふしぎなことででもあるかのように言った。またある日の午後、わたしたちは全然破壊されなかった郊外に足を向けた。人々はバルコニーにすわってコーヒーを飲んでいた。それはまるで映画のようであり、元来あり得ないことであった(52)」。罹災者の立場としては当然のことだが、ノサックは非人間性と紙一重の、倫理的感覚の欠如を目の当たりにして当惑したのである。となりの虫の巣が壊されたからといって、虫の群れが粛然として喪に服するだろうとは誰も思わない。ところがそれが人間となると、多少とも共感があってしかるべきだと期待するのだ。その意味で、一九四三年七月末、ハンブルクのバルコニーで小市民的な昼下がりのコーヒーの習慣が続けられていたことには、背筋の寒くなるような出鱈目さと破廉恥さがある。さしずめグランヴィルの戯画で、人間の扮装をしてナイフとフォークを持った獣が、同じ仲間を食しているといった図だ。とはいえ、大惨事が起ころうが起こるまいが、決まり切った日常の維持とは、お茶用ケーキを焼くのであれ高尚な文化的儀式を保持するのであれ、いわゆる健全な理性を損なわないための折り紙付きでもっとも自然な方法なのだった。第三帝国の発展と崩壊において音楽が果たした役割も、この脈絡にぴったり当てはまる。厳粛さを喚起したいときには、フルオーケストラがきまって駆り出され、政権は交響楽のフィナーレが発する肯定的な響きに自身を重ねたのだった。ドイツの諸都市が絨毯爆撃にさらされたときも、事情は同じだった。アレクサンダー・クルーゲは、ハルバーシュタット空襲の前夜、ラジオ・ローマでオペラ《アイーダ》の中継があったことを思い起こす。「わたしたちは父の寝室にいて、よその国の放送局の名前がつらなった、ほの光る窓のついた茶色い木製のラジオのまえに腰をかけ、雑音混じりの神秘的な音楽を聴く。はるかな彼方から、混信をおこしつつ、なにやら荘重なことがらが語られていて、それを父がドイツ語でみじかくまとめて教えてくれる。午前一時ごろ、恋人たちは墓所のなかで縊《くび》れ死ぬ(53)」。生きのびたある人は、ダルムシュタット市を潰滅させた空襲の前夜、「ラジオで、シュトラウスの魅惑的な音楽が奏でるロココの官能的世界を聴いていた(54)」と述懐している。がらんどうになったハンブルクの建物のファサードが、凱旋門や古代ローマの廃墟や幻想的なオペラの舞台装置のごとく見えたというノサックは、瓦礫の山にたたずみ、コンヴェント公園の正門だけが突き出している荒廃の野を見下ろす。ついこの三月、そこへ音楽会に行ったのだった。「その際盲目の女性歌手が、《重い苦難の時代が今、再び始まる》を歌った。彼女はチェンバロによりかかり、気どらずにしっかりと立っていた。そして彼女の見えない目は、あの頃わたしたちがかまけていた取るに足らない事物を越えて、すでに今わたしたちが立っているこの地点へと向けられていたのかもしれない。そして今わたしたちを取り巻いているのは石の海ばかりであった(55)」。こうした音楽体験を介してとびきり世俗的な事柄と荘厳さとを結びつけるのは、終戦後にも功を奏した方策だった。「崩れた煉瓦のうずたかく積もった丘、下に瓦礫に埋もれた人々、上に星々。動くものドブ鼠のみ。夜、《イフィゲーニエ》の上演に出かける」、とベルリンに出かけた作家マックス・フリッシュが記している。[56] また同じベルリンで、休戦協定締結直後にオペラが上演されたことを、あるイギリス人が思い起こしている。「こんな修羅場のなかで」と観察者はいささか毒をまじえた口調で感嘆する。「みごとなフルオーケストラの演奏を実現させ、音楽好きで会場を満席にするのはドイツ人だけである」。[57] 当時、ドイツ全土で、あらたに湧き上がった音楽に眼を輝かせて聴き入っていた人々の胸をゆすぶった想いのなかに、自分が助かったことへの感謝の念があったことを誰が非難できるだろう。だが、こう問うてみることは許されるのではないか。人類の歴史において、このような演奏をおこなうのはドイツ人のみであり、これほどの苦難を耐え抜いたのもドイツ人のみであるといういびつな誇りに、彼らの胸はふくらみはしなかったか、と。こうした時代の記録が、ドイツ人作曲家アドリアーン・レーヴァーキューン（トーマス・マンの長編小説『ファウスト博士』［一九四七年］の主人公）の人生の物語である。その伝記はフライジング市の学校校長ツァイトブロームが執筆したことになっている。当時、彼のゴーストライター（マンのこと）はアメリカに亡命し、カリフォルニア州サンタ・バーバラの近くに住んでいた。ドイツでは、デューラーとピルクハイマーの市ニュルンベルクが灰燼に帰し、近くのミュンヘンもまた空爆の裁きを受けていたときである。「関心を寄せてくれるわが読者諸賢」とツァイトブロームは書く。[58]「話をつづけよう。ドイツを腐敗が襲っている。市々《まちまち》の瓦礫は、死屍《しし》で肥えた鼠の棲処になっている」。この作品『ファウスト博士』によって、トーマス・マンは終末論的な世界観への傾斜の度を強めていった芸術について包括的な歴史的批判をおこなうとともに、おのれ自身がそこにいかに抜き差しがたく関わっているかを告白して

みせた。当時この書物が想定していた読者のうちで、この小説を理解できた者はごくわずかだっただろう。戦後、まだ冷め切っていない溶岩の上にあって、人々はもう一度高い理想を取り戻すべく躍起になっていたし、またわが身に汚点がふりかかるのを避けようと戦々兢々としていた。トーマス・マンをさいなんでいた倫理性と審美性の相克といった複雑な問題は、人々の思考の埒外にあった。しかし、ドイツ諸都市の潰滅に文学の立場から向き合った作品がごくわずかだったことから窺えるように、それは核心的な意味を持つ問題だったはずなのである。

四十年以上にわたって公刊をみあわされた、焦土を描いた沈鬱な小説『天使は黙していた』を書いたハインリヒ・ベル（一九一七〜一九八五）のほか、終戦ほどなく都市の破壊をテーマとし、瓦礫の街での生存について書いているのは、ほかにヘルマン・カザック（一八九六〜一九六六）、ハンス・エーリヒ・ノサック（一九〇一〜一九七七）、ペーター・デ・メンデルスゾーン（一九二六〜一九七〇）くらいしかいない。この三人の作家は当時同じ関心によって結びついていた。カザックが『流れの背後の市』を、ノサックが『ネキュイア』（邦題『死者への手向け』）を執筆していた一九四二年前後から、カザックとノサックは定期的に連絡を取り合っていた。一方、イギリスに亡命していたメンデルスゾーンは一九四五年五月にはじめてドイツに戻り、そこで想像を絶する規模の破壊を目の当たりにする。そのときの印象にもとづいていることは疑いないが、カザックの『流れの背後の市』が一九四七年春に出版されるとメンデルスゾーンはこれをきわめてアクチュアルな時代の証言であると評し、はやくもその夏に熱のこもった書評を書いてイギリスでの出版の途を探すとともに、ただちにみずから翻訳にとりかかった。またカザック作品との取り組みから、メンデルスゾーンは一九四八年に小説『大聖堂』の執筆をはじめる。カザック、ノサックの仕事とならんで、潰滅を扱った分野での文学の試みとみなせる作品だ。メンデルスゾーンは占領軍政府下でドイツの新聞社の再建に携っていたので多忙をきわめ、そのため英語で書かれた小説は未完に終わったが、その後一九八三年にみずからのドイツ語訳により、未完のまま出版された。以上の作品のうち、要《かなめ》となるのは、まちがいなくカザックの『流れの背後の市』である。当時大方から時代を画す重要作と受けとめられ、国民社会主義政体の狂気と最終対決した作品と長らくみなされてきた。ノサックはこう評している、「たった一冊の書物によって、ここにふたたび第一級のドイツ文学が生まれたのだ。ここで誕生し、瓦礫の上に育った文学が[59]」。とはいえ、カザックの小説が当時のドイツの状況にいかなる意味で添っていたか、また彼がその状況から引き出した哲学にいかなる意味があったかは、また別の問題である。「生がいわば地下で営まれている[60]」ごとき「流れの背後の都市」の情景は、どこをとっても破壊された共同体のそれである。「あたりの町並みの家々は、ただファサードだけが聳えているので、はすかいに眺めると、裸の外壁の背後はがらんと空になっていた[61]」。また生と死のあわいにあるかのような国で住人が営んでいる「生気のない暮らし[62]」の描写は、一九四三年から四七年にいたる現実の経済的・社会的状況に想を得たものとして差し支えないだろう。乗り物はどこにもなく、歩行者は瓦礫の積もった街路をふらふらと無気力に歩いている、「あたかも周囲の荒涼たるありさまをちっとも感じていないかのように（…）。ほかの人々は、崩れ落ちてもう用を足さなくなった住居で、砕けた家具の残骸を探しているのが見られた。そこでは一片のブリキか針金を破片のなかから集めているかと思うと、ここではいくらかの木片を、胴乱《どうらん》のような下げ袋に集めていた」(63)。屋根のない商店では、乏しい品揃えの雑多ながらくたが売られている。「ここには二、三枚の上衣とズボン、銀の締め金のついたバンド、ネクタイ、色とりどりの布がひろげられているかと思えば、そこにはあらゆる種類の靴や長靴が集められており、それらは多くの場合まったく首をひねるような状態のものだった。ほかの場所には、さまざまな大きさの皺くちゃの服、流行遅れの上っ張りや農民の胴着が衣紋《えもん》掛けにかかっており、それにまじってつぎを当てた靴下、ソックス、シャツ、帽子、ネットがひどく乱雑に売りに出されていた」(64)。こうしたくだりに見るように、悪化した生活状況や経済事情が物語の経験的な土台をなすのだが、ところがこれらが集まっても、いっかな廃墟の世界の全体像は見えてこない。むしろそれらは、生《なま》のかたちでは描写を拒む現実を神話化しようという、一段高いところにある目論見に奉仕するための道具立てにすぎないのだ。同じ理屈から、爆撃機の編隊も、現実を超越した存在として飛来する。「破壊のすさまじさにおいて悪鬼の力も凌駕する残虐非道のインドラ神が暗示でもあたえたかのように、彼ら、群れなす死の使者たちはぐんと上昇し、人々を殺戮するかつての諸戦争を百層倍もしのぐ強力な力で、大都市の会堂や家々を黙示録を思わせるもの凄さで潰したのだった」(65)。謎の秘密結社のメンバーとして緑色の仮面をつけた複数の人物が登場するが、この人々はかすかなガス臭を体から放っており、どうやら強制収容所で殺害された人々を表しているつもりらしい。それが権力の化け物と議論する場面が、寓意的な誇張を込めて持ち出される。権力を表す黒い姿はどんどん膨れていって人間よりも大きくなり、神を冒瀆する世界の到来を予言するが、しまいには中身のない制服のただの抜け殻になり、くたくたと崩れて、あとに鼻をつまむような悪臭だけを残す。ジーバーベルクの映画にでも出てきそうなこのような演出は、表現主義的想像のもっとも胡乱《うろん》な一面に由来するものだが、この演出には、小説の終わりで意味のないものに意味を与える試みが加えられる。カザックの死者の国における最古参の思想家が次のようなことを言うのだ。「三十三人の奥義に通じた者たちは、生まれ変わりを進めるために、長いあいだ閉ざされていたアジアの領域を拓き、拡げることにかなり前から意を注いでいる。そして精神と肉体の復活のために西欧圏も含めようと、さらに大きな努力を払おうとしているらしい。これまでごく徐々に、稀にしか進められてこなかったアジアとヨーロッパの理念の交流は、一連の現象によってはっきりと認められる(66)」。カザックのこの小説で最高の叡智をもつ権威者マイスター・マーグスは、つづけてこう説く。これほど桁外れに何百万の人が死ななければならなかったのは「生まれ変わる者たちが押し寄せてくるので場所をあけてやるためだった。無数の人間は、種子として、黙示録的な新生として、これまで閉ざされてきた生存圏において時をたがえず甦ることができるように、はやめに呼び寄せられたのだった」。カザックの叙事詩には稀でないこうしたくだりでの言葉つきや概念の使われ方を見ると、〈内的亡命者〉たちが磨いたとされる秘密の言語(67)が、ファシストの思考世界のコードと酷似していたことが恐ろしいほどはっきりと読み取れる。カザックが——それはまったく時代のスタイルであったが——似非人道主義的な、極東の哲学もどきの思考を持ち出し、秘密めかした符丁のような言葉をちりばめて、集合的惨禍の未曽有の実態に眼を向けなかったこと、また、小説全体の結構をつうじて、流れの背後にある市で、カザックがおのれ自身を〈文書係〉として人類の記憶を保管する純精神的な高尚な共同体の一員に連ねていることを確かめるのは、現代の読者にとっては辛いものがある。ノサックもまた『ネキュイア』において、抽象化の手管をつかい、形而上学へのすり替えをおこなうことによって、時代の恐怖を消し去る誘惑に屈している。『ネキュイア』は、『流れの背後の市』とまったく同様に死者の国に旅した報告であり、カザック同様、ここにも教師たちが、心の師が、匠が、始祖が、始原の母がおり、家父長的な規律にひたされ、出生前の薄闇が立ち込めている。つまるところそこは、自己の成長に意を注ぐ共同体の理想像を描いたゲーテの『ヴィルヘルム・マイスターの遍歴時代』にはじまり、シュテファン・ゲオルゲの詩集『盟約の星』を経てシュタウフェンベルク（ドイツ陸軍軍人。愛国者として当初ナチスを支持したが、四四年にヒトラー暗殺を企てて失敗、処刑された。青年時代に詩人ゲオルゲの一派に属した）へ、また親衛隊長官ヒムラーへと至る、ほかならぬドイツ伝来の〈教育州〉なのだ。エリートたちが国家の外部および上位から力をふるい、秘められた叡知の護持者となるこのモデルが――社会的実践において完膚無きまでに失墜していたにもかかわらず――またぞろここで持ち出され、殲滅攻撃を命からがら逃げてきた人々に、おまえたちの経験の形而上学的意味はこれこれであると啓蒙する――とすれば、これは個々の作家の意識をはるかに超えた、イデオロギーの底深い頑迷さを証し立てているのである。それを埋め合わせることができるのは、現実を直視するまなざしを措いてほかはない。

哲学に高め、あやまった超越を持ち出すというゆゆしい傾向はあったものの、ノサックが当時ただひたすら現実に眼にしたことをあたうるかぎり装飾を交えずに書き留めようとしたことは、疑いなくその功績である。たしかにハンブルク滅亡を記す彼の報告には、運命論的な物言いがあちこちに顔を出している。人々の顔は清められ、永遠への通路となった(68)、といった表現が見られるし、報告は最後にお伽噺ないし寓話的な方向に舵を取るのだが、しかし総じて言うなら、ノサックの主な関心は事実のありのままの姿に置かれている。季節、天候、観察者の立ち位置、近づいてくる飛行編隊の轟音、赤く照らされた地平線、市を脱出してきた人々の心身状態、焼け焦げた壁、不思議にもそのまま立っている煙突、台所の窓の前に置かれた物干しの洗濯物、無言のベランダになびいている破れたカーテン、レース編みのカバーを掛けたフラシ天のソファ、そのほかの永遠に失われた物たち、それらの埋まっている瓦礫、瓦礫の下で生まれて蠢《うごめ》いているおぞましい生き物、ふいに香水の匂いをもとめる人間の欲望。一九四三年七月の夜半ハンブルクでなにが起こったかを、少なくとも誰かひとりは書き留めなければならない、という倫理的命令が、大幅な技巧の排除につながっている。感情を表に出さない筆致で、報告は「有史以前の恐ろしい出来事」[69]を語るように行われる。耐爆の地下室では、扉が開かなくなり、両隣の部屋に貯蔵してあった石炭が燃えたために、中の人々が蒸し焼きになった。そういうことが起こったのだ。「彼らはみんな、熱い壁から離れようと地下室の中央へ逃れていた。そこに折り重なって倒れていた。遺体は炎熱のためにふくれ上がっていた」[70]。この報告の語り口は、悲劇における使者のそれである。知らせをもたらす者がしばしば縊《くび》り殺されることをノサックは承知していて、ハンブルク滅亡についての回想録にある寓話を挟み込む。起こったことをどうしても語らなければならない、と主張するひとりの男を、みなが寄ってたかって殴り殺すのだ。男の話が、人々を凍え死なせる冷気を放つがゆえに。潰滅に形而上学的な意味づけを施そうとする者は、通例そうした悲惨な運命をたどることはない。そのほうが、事実に立脚した想起の作業よりも、身の危険が少ないのである。エリアス・カネッティは、『断ち切られた未来』中の一篇、蜂谷道彦の『ヒロシマ日記』についての論考において、これほどの規模の惨禍において生き残るとはなにを意味するだろうか、とみずからに問うたうえで、こう答えを出している。それは蜂谷のしたためたような、緻密さと責任感とを特徴とする文章からのみ読み取れるものである、と。カネッティは書く。「今日文学のどのような形式が必須であるか、しかも、ものを知りものを見る人間にとって必須であるかということについて熟考することに意義があるとすれば、この日記がまさしくそれである」[71]。同じことは、ノサックがハンブルク市滅亡を描いた、彼の創作群のなかでも特異な位置を占める報告についても言える。少なくともかなりの部分にわたっての虚飾をまじえぬ客観性に裏打ちされた真実という理念が、激甚な破壊を前に文学的営為をつづける唯一の真っ当な理由であることがわかるのだ。ひるがえって、潰滅した世界の瓦礫から審美的ないし似非審美的効果を生み出そうとすることは、文学からその存在理由を奪うやりかたである。

その点で人後に落ちない例が、ペーター・デ・メンデルスゾーン著の、長らく出版されず刊行後もほとんど注目されなかった——ありがたいことに、と言いたくなるが——未完の小説『大聖堂』における、頁を繰っても繰っても終わらぬやりきれなさである。はじまりはこうだ。物語の主人公トルステンソンが、激烈な空襲から一夜明け、瓦礫に埋もれた地下室から外に出てくる。「彼は汗をかいた。こめかみのところで脈がどくどくと打っていた。なんてこった、と彼は思った、ぞっとする眺めじゃないか。俺はもう若くない。五年か十年前だったら、こんなことは屁でもなかったろう。だけどいまは四十一だ。達者で、ぴんぴんして、ほとんど怪我もないが、かたや俺のまわりの世界は死に絶えてるみたいだ。俺の手は震え、膝はがくがくする。この瓦礫の山から這い出るのに、全力を出さなくちゃいけない。たしかに、彼のまわりの人間は、ひとり残らず死んだかのように思われた。四囲は静まりかえっていた。誰かいないか、と彼は何度か叫んでみたが、暗闇からはなんの応《いら》えもなかった」[72]。語りは、文法的逸脱と下手な物真似のあいだをうろうろするこうしたスタイルで進む。自分は破壊の現実をその極限において描写することもためらわない、と言わんばかりに、著者はむごたらしい場面をふんだんに盛り込んでいる。しかし、そこでもメロドラマ的なものへのゆゆしい傾向が勝ちを占める。トルステンソンは「老女の頭部が、壊れた窓枠にひんまがって斜めに突っ込まれていた」[73]のを見る。また暗闇のなか、鋲を打った靴が「ぐちゃぐちゃに潰れた女の胸から失われつつあるぬくもりの上で滑りはしまいか」[74]と懼《おそ》れる。トルステンソンは懼れ、トルステンソンは眺め、トルステンソンは考え、トルステンソンは感じ、トルステンソンはどうだろうかと疑い、見積もり、自分と争い、その気になれず……ぺちゃくちゃと進んでいく小説のメカニズムが要請するこの度しがたく自己中心的な視点に立って読者は筋を追わされるのであるが、その見事なまでの凡庸なプロットは、脚本家テア・フォン・ハルボウがフリッツ・ラング映画のために書いた脚本からの借り物であることは明らかだろう。具体的に名を挙げろというなら、メガ級映画《メトロポリス》（一九二七年公開）である。なんとなれば、技術をあやつる人間の傲慢さは、メンデルスゾーンの小説の重要な一主題でもあるのだ。トルステンソンは若き建築家である（著者は否定しているが、そこに建築家ハインリヒ・テセノウとその一番弟子アルベルト・シュペーアの面影がちらついているのは偶然ではない）。トルステンソンは巨大な聖堂を建設したが、空襲後、瓦礫の原にたったひとつ残された建築物がこの聖堂なのである。

　物語のもう一面にはエロティシズムがある。トルステンソンは初恋の女性カレーナを捜している。墓掘人を父に持つ類いまれな美女であるが、どうやらすでに瓦礫の下に埋まっているらしい。カレーナが支配権力に悪用される聖女であるところは、《メトロポリス》のマリアと軌を一にする。トルステンソンは、カフカ書店で彼女とはじめて出会ったときのことを思い起こす。書籍商カフカはぎっしり本で埋まり、床に落とし戸のある歪んだ家に住んでいるが、これもラング映画に出てくる妖術使いロートヴァングそっくりだ。その冬の夜、カレーナはフードを被っていた、とトルステンソンは回想する。フードはなかから燃え立っているかのようだった。「紅い裏打ちと頰にかかった黄金の髪がひとつに溶け合って炎の花冠になり、彼女の顔をふちどっていた。それは静かで触れがたく、おずおずと微笑んですらいるようだった」(74)――疑いもなく、地下墓地の聖マリアの焼き直しである。ラングのマリアはのちにロボットに姿を変え、メトロポリスの支配者フレーダーセンの手先となる。カレーナもやはり同様の裏切りをおかす。トルステンソンが亡命するさい、新支配者ゴセンザスの側に寝返るのだ。メンデルスゾーンによるなら、物語はトルステンソンが瓦礫を始末しに荷船に乗って沖へ繰り出すところで終わるはずだった。深海に沈んでいく瓦礫を見守るうち、トルステンソンは、海底に都市がまったき姿で、第二のアトランティスのごとくつつがなく存在しているのを見る。「上で破壊されたものがすべてこの下では息災だ。そして上にまだ残っているすべてのものが、わけても大聖堂が、下にはない」(75)。トルステンソンは水中階段を降りて、海底に沈む街に入っていく。そしてそこで逮捕され、裁判にかけられて、自分の人生について抗弁しなければならなくなる――これまた、どこからどこまでテア・フォン・ハルボウ印の幻想的な光景である。うごめく群衆の描かれ方、勝利した軍隊の潰滅した都市への進軍、生き残った人々が大聖堂に集まること、いずれをとってもラング／ハルボウの登録商標であり、くり返される筋書きの濃厚さもあいまって、作品は文学的節度を失ったキッチュと化すのだ。小説の冒頭で、トルステンソンは孤児になったひとりの少年にでくわす。つづいてすぐあと、懲罰収容所から逃げ出してきた十七歳の少女に遇う。大聖堂に通じる階段の上で「ぎらぎらした日差しをあびて」少女とトルステンソンがはじめて向き合ったとき、少女のぼろぼろの上衣が肩からすべり落ちて、ためにトルステンソンは彼女を「落ち着いて思う存分に」観察する。「汚れてむさ苦しく、撲《ぶ》たれたところが青黒くなっていて、黒い髪はぼさぼさだった。しかしほっそりしたしなやかな若い体軀は、古代の聖域から現れた女神のように美しかった」(76)。おあつらえ向きにも、少女の名はアフロディテ・ホメリアディス。おまけに——一段とゾクゾクすることに——ギリシャはサロニキ出身のユダヤ女である。トルステンソンは当初この絶世の美女と寝るつもりでいたが、しまいには一種の宥和シーンにおいて、彼女をドイツ人少年のもとへ連れていく。少年に彼女から生の神秘を学ばせようというわけだ。ここにもまた、巨大な大聖堂の前で撮影された《メトロポリス》の最終シーンが谺しているように思われる。いたるところ猥褻《わいせつ》さとこの上なくドイツ的な人種ネタを盛り込んだこのキッチュ——善意ではあったろうと思うが——を総括するのはなまなかなことではない。とまれ、破壊された都市のテーマを節操なくフィクション化したこの小説は、ノサックが記録「滅亡」の最良の部分で保とうと努めた散文的沈着さの対極をなしている。ノサックが意識的に抑制をきかせてゴモラ作戦が引き起こした惨状に近づくことに成功しているのに対し、メンデルスゾーンは二百頁以上にわたってせっせと通俗小説を書いたのだった。

まったく毛色は異なるが、破壊の現実を文学的に消化するにあたり同様に首をかしげざるを得ないのが、一九五三年刊のアルノー・シュミット（一九一四〜一九七九）の中篇、『牧神の生活から』の終末部である。のちに名誉あるアカデミー総裁になった作家の瑕瑾をあげつらうのはいささか不作法というものだろうし、ましてや妥協を許さぬ言語の名匠なる声望にいちゃもんをつけるまねは誰だって尻込みしよう。しかし、シュミットが空襲劇を演出しているダイナミックな言語運動主義に、私は疑問符を呈してよいのではないかと思うのだ。たしかに、破壊の混沌とした渦をたがの外れた言語でなんとか現出させようとする作家の意図はわかる。しかし次のようなくだりを読むとき、少なくとも私は主題であるはずの、恐るべき崩壊の瞬間における生というものをどこにも見つけられないのだ。「埋まっていた酒の樽がぐらぐら揺れて飛び出し、熱い手の上の透石膏のように転がり、ハレマウマウ火口みたいなのに溶けていった（そこから火の川がいくすじも流れ出した。ひとりの警官が泡を食って右側の川に止まれを言い、蒸発により殉職）。肥えた雲女が倉庫のそばに立ち上がり、まんまるの腹をぷうっと膨らませ、げっぷ、とやってケーキの頭を空高く噴き出し、だからどうなのさ、とだみ声で笑い、そしてゲラゲラいいながら腕と脚とをからみ合わせ、でかっ尻でわれわれのほうを向くと、熱い鉄管を束にしてブリブリ、際限なく、ひねり出す。そのお見事さ、するとまわりの藪が身を折ってパチパチ言いだす」[77]。ここに描かれているものを、私はまったく脳裡に浮かべることができない。見えるのは著者ばかり、せっせと頑なに、言語の糸のこ細工にいそしんでいる著者ばかりだ。趣味で工作をする者は、一度やり方を見つけると得てしてひとつ憶えをくり返すものだが、シュミットもまたこの稀代の事態にあってなお、てこでも自己流を押し通す。輪郭が万華鏡的に溶け消える、自然を擬人化して見る、カードボックスから透石膏を取り出す、百科事典の珍しい項目からいくつか、グロテスクなもの、隠喩的なもの、ユーモラスなもの、擬音語擬態語、卑俗なもの、選り抜きのもの、暴力的なもの、爆発的なもの、騒々しいものを取り出す。破壊の時を描いたシュミットの試みにおけるこれみよがしの前衛を私が嫌うのは、私自身が形式と言語に対して根本的に保守的なせいである、とは私は思っていない。というのもこの小手先細工とは対照的に、私には別のものが文学的手法としてすとんと納得されるのだ。フーベルト・フィヒテ（一九三五〜一九八六）の小説『デトレフのイミテーション《緑青》』（一九七一年）における、登場人物イェッキーがハンブルク空襲の調査をしながら書く切れ切れのメモがそれである。おそらくそれは、このメモが抽象的・想像的ではなく、具体的・記録的性格を有しているためだろう。ノサックの「滅亡」を先駆とする記録的なアプローチにおいて、ドイツ戦後文学はようやく目覚め、従来の美学では捉えきれない素材にはじめて真摯に向き合ったのである。フィヒテの書物は、ハンブルク空襲から二十五周年の、一九六八年に設定されている。イェッキーはエッペンドルフの医学図書館で、一九四八年に出版された、通貨改革前の紙に印刷された分厚いマルメロ色の小さな書物を見つける。タイトルは『一九四三〜四五年のハンブルク空襲時における病理学・解剖学的調査結果　付録図版三十点、表十一点』。イェッキーは公園にいる。「ライラックのまわりの涼風。背後に公衆便所、たまり場、であい場、夜、アルスターのホモたちがうろつくところ」。——借りてきた図書の頁を繰る。「b．萎縮死体検屍解剖。相当程度の腐敗現象を伴う、熱により萎縮した死体が解剖に処せられた。当該萎縮死体はメスと鋏による剖検まったく不可能。最初に衣服を除去するも、著しい硬直のため、衣服を裁断ないし裂開、加えて身体を一部損壊せざるを得ない場合がほとんど。関節の乾燥如何により頭部および四肢（収容時ならびに運搬時に胴体からまだ離れていなかった場合）はかなり容易に切断。外皮破壊により体腔がすでに露出していないかぎりは、骨鋏ないし鋸を使用して硬化した皮膚を切除。臓器は硬化と萎縮のためメスが入らなかった。また肺およびこれに接続する気管・大動脈・頸動脈および横隔膜、肝臓、腎臓ほか個々の臓器は多くの場合そっくり折り取って摘出。腐敗の進行した臓器ないし炎熱により完全に硬化した臓器は、ほぼすべてメスによる切断不可能。腐敗ないしチーズ状・粘土状・油脂状・黒焼けになった組織や臓器残余物は損壊し、千切れ、粉々になり、あるいは毟《むし》ってぼろぼろになった」[78]。火災旋風によってミイラ化した肉体をいま一度破壊するこの専門家の描写には、シュミットの言語的ラディカリズムがあずかり知らないリアリティがある。シュミットの作為的言語が隠蔽しているものが、迷いも躊躇もなく仕事に携わる戦慄の管理人たち（イェッキーの推測によれば、それは惨禍に乗じて彼らがちょっとばかり自慢の種を作ろうとしているからである）の言語から私たちをひたと凝視する。ジークフリート・グレフ博士なる人物が学術目的で記したドキュメントは、なにものをも寄せつけまいと防備した魂の深淵を開いてみせるのだ。

　いかなるフィクションも青ざめるこうした真正の記録が持つ啓蒙の力を基軸にした作品がもうひとつある。われわれという集合的存在の廃石の山を掘り返す、作家アレクサンダー・クルーゲ（一九三二）の考古学的作業である。ハルバーシュタット市空襲についてのクルーゲのテクストは、映画館〈キャピトル〉が孜々《しし》として続けてきた上映プログラム——四月八日のその日には、パウラ・ヴェセリー、アティラ・ヘルビガー出演の『帰郷』が予定されていた——が、より上位のプログラム、すなわち空襲によって中断される、というところから始まる。するとベテラン従業員シュラーダー夫人が、十四時の上映開始に間に合わせるべく瓦礫を片付けようとするのだ。すでに紹介したこのくだりのほとんどユーモラスな調子は、厄災

HEIMKEHR
PAULA WESSELY · PETER PETERSEN · ATTILA HÖRBIGER
Ruth Hellberg, Berta Drews, Elsa Wagner, Gerhild Weber
Carl Raddatz, Werner Fütterer, Otto Wernicke
Drehbuch: Gerhard Menzel · Musik: Willy Schmidt-Gentner
Herstellungsgruppe: Erich von Neusser
SPIELLEITUNG: GUSTAV UCICKY
Ein Gustav Ucicky-Film der Wien-Film im Verleih der Ufa

時における積極的な行動領域と受動的な行動領域との極端な乖離、別言するなら、シュラーダー夫人が反射的にとった行動の不適切さから生じている。夫人にしてみれば、「劇場右面が崩れ去ったことは、上映予定の映画とはなんの意味ある繋がりも、あるいはなんの筋書き上の繋がりもなかった」[79]のである。クルーゲがつづけて紹介する、一個中隊の兵士が投入されたというエピソードも、同様に正気の沙汰とは思われない。全面的空襲の後、目的もさだかでないまま、「激しく損傷したものを含む百体の遺体を、一部は地面から、一部はそれらしい窪みから」[80]掘り出して分類するという「作業」であった。また、軍の偵察隊に尋問されて、「燃える街を、厄災にあっているわが故郷の街を記録しようと思って、と」[81]語ったという氏名不詳のカメラマンの話も出てくる。シュラーダー夫人と同じく、このカメラマンも職業的本能に導かれている。最期をすら記録しようというその意志が愚かしいものと映らないのは、もっぱら彼の撮った写真〈クルーゲはその写真を本文に組み込んでいる〉が私たちのもとへ届いたという一点にかかっている。当時の状況下でそんな見込みはほとんどなかったのにだ。アーノルト夫人とツァッケ夫人は、見張りのために教会の塔に登っている。折りたたみ椅子に懐中電灯、魔法瓶、サンドウィッチ、双眼鏡、無線装置で装備をかため、塔が足元からぐらぐら揺れはじめたように感じ、羽目板が燃えだしてもなお律儀に報告をつづける。結局、アーノルト夫人は教会の鐘をてっぺんに載せた瓦礫の山の下敷きになって命を落とし、ツァッケ夫人は大腿骨を折って倒れていたところを、何時間も後にマルティーニプラン通りの建物から避難してきた人々に救助される。レストラン〈ツム・ロース〉に集まって結婚披露パーティをしていた一団は、警報からわずか十二分後、身分差と嫌悪感もろとも――新郎はケルンの資産家の息子、新婦はハルバーシュタットの下層の出であった――ひとしなみに瓦礫の下となる。テクストを構成しているこうした事例をはじめとする数々の話は、大惨事に直面してなお、個人ないし集団が危険の本当の度合いを測りそこね、規定の役割行動から外れられなかったことを示している。惨事の規模が加速度的に増大する状況下では、通常の時間と「感覚による時間の処理」とが乖離していく、とクルーゲは言う。だからハルバーシュタットの市民は「あすの脳」をもたないかぎり「まともな非常措置を思いつくことはできなかっただろう」(82)、と。とはいえ、クルーゲはこうした惨禍の歴史をふり返って探究することをすべて無駄とはみなしていない。むしろ事後的な学びの過程こそ――それこそが出来事から三十年を経てまとめられたクルーゲのテクストの存在理由なのだが――経験の抑圧に由来する不安に覆い尽くされることなく、人間の心にうごめいている願望を、未来を見通す力へとつなぐ唯一の方途なのである。クルーゲのテクストに出てくる小学校教師ゲルダ・ベーテの脳裡にも、同じような想いがある。とはいえ、とクルーゲは評している――ゲルダが思っているような「草の根作戦」を実行するには、「一九一八年以降、戦争に参加したすべての国で、ひとり残らずゲルダなみの、信念に燃える教師が七万人、各人二十年間、倦まずたゆまず教えつづけなければならないだろう」(83)、と。皮肉まじりではある。とはいえ、ひょっとすればあり得るかもしれない別の歴史をひらく視座は、いかに実現可能性は薄かろうと、未来に働きかける真摯な呼びかけであると言っていい。厄災をもたらす社会機構――それは無限に繰り返され、ことあるごとに重大になっていく歴史の過ちによってプログラム化されてしまっている――をクルーゲが詳細に描写するのは、われわれがたえず引き起こす惨禍をただしく理解することこそ、幸福をもたらす社会機構の実現への第一前提であるという思いからである。しかし他方、クルーゲが見ていくとおり、産業界の生産状況の展開から見て取れる破壊の計画的ありようからすれば、希望の原理には分《ぶ》がないように思われることもまたたしかだ。空爆の戦略が成り立つには、恐ろしいほどさまざまなものが複雑に重層している。爆撃手をプロの「熟練空爆役人」(84)へと養成する過程、心理的問題の克服（たとえば、爆撃手の役割はじつはつかみどころのないものであるが、にもかかわらず任務への関心を保っておくにはどうすればよいか、といったもの）、一都市に飛来する編隊に「二百の中規模企業」(85)が関わっている作戦をいかに円滑におこなうか、といった問題、大火災や火災旋風に拡大する効率的爆撃のための技術的問題――こういった、攻撃を組織する側に立ってクルーゲが吟味していく諸要素からおしなべてわかるのは、知性と資本と労力をかくも大量に破壊計画に注ぎ込んだうえは、溜まりに溜まった力の圧力に押されて、なにがなんでも破壊は実行に移されなければすまなかった、ということである。一九五二年のあるインタビューが、このなりゆきの止《とど》めがたさを証している。クルーゲが引用しているもので、ハルバーシュタットの記者クンツェルトが、アメリカ第八空軍准将フレデリック・L・アンダーソンにおこなったインタビューだ。もしもシーツを六枚縫い合わせてマルティーニ教会の塔に登り、あらかじめ白旗を掲げていたら、市は空襲されずにすんだでしょうか、という問いに対し、アンダーソンは軍人の立場から答えるのだが、その説明は、理にかなった理屈がとんでもない理不尽に至る次の発言にとどめを刺す。積んできた爆弾はなんといっても「高価な品」である、としたうえで、アンダーソンは「実際、山や野っ原にただ落とすなんてことはできませんよ、多大な労力を使って故国で作られたものなんですからね」(86)と語るのだ。個人であれ集団であれ責を負う者が逃れることのでき

ないこの至上の生産強迫の結果が、クルーゲがテクストに添えた写真のごとき、眼前にひろがる焦土の都市である。写真下にマルクスの文章が引用されている。「産業の歴史と産業の客観的実在は、人間の意識の諸力についての頁をひろげた書物であり、感覚でとらえられる人間の心理である(87)（傍点はクルーゲ）」。人間の思考と感情を書物としてひろげて見せたものが産業の歴史である――このような破壊を目の当たりにしたとき、唯物論やそのたぐいの他の認識論はなお有効なのだろうか。それともこうした破壊は、いわばわれわれの懐で生い育ち、一見唐突に起こるかに見える惨禍の数々が、一種の実験として、ある点を予示していることの紛うかたない証拠ではないのだろうか。つまり、自律的だと思われてきた人間の歴史から降りて、われわれが自然史へと戻っていく点を、である。「（太陽が、影のなくなった〈街〉の上に〈重くかぶさって〉いる）。瓦礫に覆い尽くされた地面、残骸の世界に消え去った道路のうえに、何日かすると踏みならされて人の歩く径ができ、ひょんなところでかつての道路網に繋が

っていく。奇妙なのは、廃墟をおおう静寂だ。なにひとつ起こっていないように見える。じつは錯覚であって、地下の各所ではまだ火が生きている。石炭を貯蔵していた地下室から地下室へ、つぎつぎに燃え移っていく。這いずりまわる虫の多さ。一部地域は悪臭が漂よう。遺体捜索団が活動している。鼻を突く焼けたものの〈しずかな〉臭いが街全体に漂っているが、数日すると、それも〈なじみ〉になる」(88)。クルーゲはここで文字どおり、また隠喩的な意味でも、一段高い見晴台に立って破壊された世界を眺めている。事実を挙げるときの皮肉まじりの驚きかたが、認識というものに不可欠の距離の保持を可能にしている。だが、余人の誰よりも蒙を啓かれた作家クルーゲの胸裡にすら、疑念はうごめいているのだ。われわれは自分が引き起こす厄災からなにひとつ学びはしない、学ばないまま、踏みならされてできた径を、ひょんなところでかつての道路網に繋がっていく径を、あいかわらず歩きつづけていくだけではないか、と。潰滅した故郷の町を見つめるクルーゲのまなざしは、その知的な直截性にもかかわらず、あの歴史の天使の恐怖に瞠《みは》られたまなざしとおなじなのだ。ヴァルター・ベンヤミンはこう書いている。歴史の天使は、眼をおおきく見ひらいて、「ただ破局《カタストローフ》のみを見る。そのカタストローフは、やすみなく廃墟の上に廃墟を積み重ねて、それをかれの鼻っさきへつきつけてくるのだ。たぶんかれはそこに滞留して、死者たちを目覚めさせ、破壊されたものを寄せ集めて組みたてたいのだろうが、しかし楽園から吹いてくる強風がかれの翼にはらまれるばかりか、その風のいきおいがはげしいので、かれはもう翼を閉じることができない。強風は天使を、かれが背を向けている未来の方へ、不可抗力的に運んでゆく。その一方ではかれの眼前の廃墟の山が、天に届くばかりに高くなる。ぼくらが進歩と呼ぶものはこの強風なのだ(89)」。

3

私がチューリヒでおこなった以上の連続講演に寄せられた反響について書いておかねばなるまい。当初私は、チューリヒで講演した内容はさまざまな観察や資料や主張を未整理のまま集めたにすぎず、したがってかなりの補足や訂正が必要になるだろうと考えていた。わけても第二次大戦末期にドイツの諸都市が蒙った破壊は、戦後成立した新生国家の意識にはのぼらなかった、という私の主張については、見落としていた反証があがって否定されるだろうと予想していた。しかし、そうはならなかった。以後に寄せられた何十通という手紙を読んで、私はむしろ、見解に確証が得られたと思った。つまり戦後生まれの人々は、空襲がドイツにもたらした惨禍のありさま、その規模、その性格、その影響について、作家たちの証言だけに頼るならなんのイメージも描くことができないということである。たしかにそれに類するテクストはいくつかあった。しかし文学作品に記録されたわずかのものは、質量ともに、当時の凄絶な集合的経験とは関わりをもたないものであった。大都市はほぼ軒並み、小都市も多数が破壊されるというおよそ看過すべからざる、今日に至るまでドイツの相貌を決してきた事実は、一九四五年以降に書かれた作品においては、まったき沈黙、不在として遇されてきたのである。文学のみならず、家庭の会話から歴史記述にいたるまで、事態は同様であった。勉強熱心で知られるドイツの歴史家たちは、このテーマについては口裏を合わせたように、私の知るかぎり一冊の包括的な研究どころか、基礎研究さえ著していない。わずかに軍事史家ヨルク・フリートリヒが、自著『戦争の法則』[90]の第八章において、連合軍の潰滅作戦の展開と結果を詳述しているのみである。しかしそれすらが、惹いてしかるべき関心をほとんど惹かなかったことは、いかにも象徴的であった。時とともに私にとってはいよいよ如実となったこのスキャンダラスな欠落を思うにつけて、私は自分が子ども時代からずっと、なにかが隠されている、という感じを持って大きくなったことを思い出す。家庭でも、学校でも、ドイツの作家たちによっても、であった。自分の人生の背景をなす戦慄すべき事柄についてもっと知りたくて、私はそれらの作家の著作を読んだのだったが。

私が幼年期と青春期を過ごしたのは、戦闘行為の直接の影響がほとんどなかったアルプス北部のドイツの一地方だった。終戦時はちょうど一歳だったから、むろん、現実の出来事にもとづいた破壊の時代の記憶はない。しかしいまでも、戦時の写真やドキュメンタリー映像を見るたびに、自分がいわばこの時代に生まれ育ったかのように、みずからはまったく体験していない恐怖によって自分には影が落ちていて、その影からどうしても抜け出せないような心持ちに駆られる。一九六三年の市制施行時に記念出版されたゾントホーフェン町史にはこうある。「戦争は私たちから数々のものを奪いました。しかし私たちのもとには、故郷の素晴しい自然が、少しも変わらぬまま豊かにのこされていました[91]」。このくだりを読むと、瞼に野道や、川原の草地や、山上の牧草地の光景が、破壊の光景といっしょくたになって彷彿としてくる。そして奇妙なことに、すっかり非現実的になってしまった幼年期の牧歌的情景ではなく、むしろ破壊の光

Viel hat uns der Krieg genommen, doch uns blieb – unberührt und blühend wie eh und je – unsere herrliche Heimatlandschaft.
Und allmählich schritten wir wieder – begleitet vom Lachen unserer Kinder – in eine hoffnungsfrohe Zukunft.

「戦争は私たちから数々のものを奪いました．しかし私たちのもとには，故郷の素晴しい自然が，少しも変わらぬまま豊かにのこされていました」

「そして私たちはまた少しずつ歩みはじめました．子どもたちの笑顔とともに，希望に満ちた未来にむかって」

景のほうが、胸裡に郷愁のようなものを呼び覚ます。おそらくそれは、後者のほうが私の幼年期にとってより強い鮮烈な現実だったからなのだろう。いま私は知っている。私がゼーフェルト屋敷のバルコニーで揺りかごに横たわって水色の空を眺めていたとき、ヨーロッパの空はいたるところ煙が立ち込めていた。東部、西部の退却戦の戦場の空に、焦土と化したドイツの諸都市の空に、そして各地から移送された無数の人々が焼却された収容所の空に。ベルリンから、フランクフルトから、ヴッパータールから、ウィーンから、ヴュルツブルクやキッシンゲンから、ヒルフェルスムやデン・ハーグから、ナウムルにティヨンヴィル、リヨンやボルドー、クラコフ、ウッジ、セゲド、サラエボ、サロニキ、ロードス、フェラーラ、ヴェネツィアから——ヨーロッパ諸都市のうち、この歳月に死の手へと移送されなかった人がいなかった都市はほとんどない。コルシカ島の僻村においてすら、〈アウシュヴィッツで死亡《モルト・ア・オシュヴィッツ》〉とか、〈一九四四年フロッセンブルクにてドイツ人により殺害《テュパル・レザルマン》〉といった記念銘板を眼にした。余談ながら、コルシカ島を訪れたおりには、モロザリア村の、埃まみれになった似非バロック風装飾に飾られたなかば朽ちた教会で——この脱線をお許しいただきたい——自分の両親の寝室に掛かっていた絵を見つけるというおまけがついた。ナザレ派風に美しく描かれた油絵風の石版画で、月光に照らされた青味がかった夜のゲッセマネの園で、キリストが黙然と瞑想している場面である。両親のベッドの枕元に長年飾られていたのだが、いつのまにかなくなってしまった絵であった。たしか、寝室の家具を入れ替えたときに外されたと思う。それが掛かっていた。少なくともまったく同じものが、パオリ将軍（一八世紀のコルシカ独立戦争の指導者）の生地モロザリア村の教会の、暗い片隅にある脇祭壇の台座に立てかけてあったのである。両親は一九三六年、結婚式直前にその絵をバン

ベルクで買ったと話していた。私の父は騎兵連隊の車両補給隊下士官だった。その同じ騎兵連隊で、父より十年前に軍人としての経歴を踏み出したのが、若きシュタウフェンベルクだった。歴史の深淵とは、そうしたものである。その深淵ではすべてが錯綜している。のぞき込むと、身の毛がよだち、くらくらと目眩がするのだ。

以前、ある作品のなかで、一九五二年に両親ときょうだいとともに生地のヴェルタッハを去って、十九キロ離れたゾントホーフェンに引っ越したときのことを書いたことがある。家並みがところどころ途切れて瓦礫の原になっているのが眼に入ったときには、とりわけ胸が高鳴った、なにしろ一度ミュンヘンを訪れてからというもの、私にとって〈都会〉とは、瓦礫の山に焼け焦げた壁、むこうにぽっかり空が見える窓の穴のことだったのだから、と。この取るに足らない市場町ゾントホーフェンが、一九四五年二月二十二日、ついで四月二十九日に空爆を受けた。山岳部隊と砲兵隊の二大兵舎があったほか、通称

〈オルデンスブルク《騎士団の城》〉という、ナチが政権を取ってすぐに設立された指導幹部育成のためのエリート学校三校のうち一校が置かれていたからだと思われる。ゾントホーフェンの空襲について思い出すのは、十四か十五のころ、オーバーストドルフの高等学校《ギムナジウム》で宗教の授業を受け持っていた禄付きの聖職者に質問をしたことだ。ゾントホーフェンの空襲で破壊されたのは、兵舎でもヒトラーの養成校でもなく、かわりとでもいうように教区教会と救貧院の教会だったという事実は、神の思し召しという考えからはどう説明できるのですか、と訊ねたのだった。なんと答えが

返ってきたかはもう記憶にない。たしかなのは、ゾントホーフェン空襲によって、およそ五百人の戦死者・行方不明者に、百人の民間人犠牲者が加わったことだった。書き留めておいたのだが、なかにエリーザベト・ツォーベル、レギーナ・ザルヴァーモーザー、カルロ・モルトラージア、コンスタンティン・ゾーンクツァーク、ゼラフィーネ・ブーヘンベルガー、ツェツィーリエ・フューゲンシュー、ヴィクトリア・シュトゥルマーがいた。ヴィクトリア・シュトゥルマーは養老院の尼僧で、修道名をマーター・ゼーバルダ、といった。

壊されたまま六〇年代初頭まで再建されなかったゾントホーフェンの建物については、思い出すものがふたつある。ひとつは、一九四五年まで町の中心にあった頭端式の鉄道駅だった。駅舎本館の跡はアルゴイ電気会社がケーブルや電柱の保管倉庫に使い、被害が少なかった増築部分では、音楽のゴーグル先生が毎晩生徒を幾人か集めて練習をさせていた。とりわけ冬の日、廃墟になった建物にぽつんとひとつ灯りのともった部屋で、生徒たちがヴィオラやチェロをかき鳴らしている光景は、なにか闇にたゆたっていく一艘の筏に乗っているのを見るようで、不思議な心地がしたものだった。もうひとつ眼前に彷彿としてくる廃墟は、プロテスタント教会の脇にあった世紀末建築の別荘、通称ヘルツ城館である。建物は完全に破壊されて、庭を仕切っていた鋳鉄の柵と、地下室だけが残されていた。幾本かの美しい樹木が爆撃を生きのびた敷地は、五〇年代にはすっかり雑草に覆われて、私たち子どもは、戦争によって町のどまんなかにできたジャングルで昼下がりを過ごしたものだった。階段から地下室に降りていくのが心底不気味だったことをいまも憶えている。朽ちた湿気った匂いがして、動物の死骸か、人間の屍につまずきはしまいかとそのたびにびくびくしていた。それから何年か後、ヘルツ城館の跡地にセルフサービスの店ができた。平屋建ての窓のない醜悪な建物で、美しかった城館の庭園はすっかり消えうせ、アスファルトの駐車場になっていた。きわめて大雑把にまとめるなら、以上のようなことが、ドイツ戦後史の主章なのである。六〇年代末にイギリスからはじめてゾントホーフェンに出かけたとき、セルフサービスのその店の外壁に描かれた生鮮食料品のフレスコ画（宣伝用だろう）を見て、私は身の毛がよだった。横六メートル、縦二メートルほどの画で、当時きちんとした夕食には定番とされたハムとソーセージの巨大な冷製盛り合わせが、血色や薔薇色で描かれていた。

しかし破壊の時代をありありと思い描きたいなら、私はかならずしもドイツへ、私の出自の地へと戻る必要はないのである。いま私が住んでいるところでも、その記憶はしばしば呼び覚まされる。ドイツ殲滅作戦のために飛行機が飛び立ったイギリスの七十余の飛行場は、大部分がノーフォーク州にあった。うち十ほどは、いまも軍事目的に使われている。ほかは飛行クラブの所有になったものがいくつか、あとほとんどは終戦後そのまま放置された。滑走路は草むし、管制塔や掩蔽壕やトタン板の小屋は半分がた朽ちて、なんとなし薄気味の悪い風景のなかに残っている。そこに立つと、任務から帰還しなかった、あるいは猛火に包まれて身を滅ぼした死者の魂を感じる。住まいからほど近いところにはシージング飛行場がある。ときどき犬を連れて散歩に行く。そして、一九四四年から四五年にかけて重い爆弾を搭載した飛行機がここに機体を浮かべ、海を越えてドイツに向かっていったことを思う。そうした作戦のはじまるすでに二年前、ドイツ空軍がノリッジを空爆したさいにドルニエ戦闘機一機が撃墜され、私の家からさほど遠くない

野原に墜落した。乗員四名は全員死亡したが、うちのひとり、ボラート空軍中尉は私と誕生日が同じであり、生年は私の父と同じであった。

　ここまで、私の人生と、空襲の歴史とが交錯する点についていくつか述べてきた。それ自体はなんの意味もないものであるが、にもかかわらずこうした事柄は私の脳裡を離れず、ついには、何百万人もが経験したドイツ諸都市の破壊のことをドイツの作家がなぜ書こうとしなかったか、なぜ書けなかったかという問いに、多少なれ踏み込まずにはいられない気持ちになったのだった。とりとめのない覚え書きが、対象の複雑さに追いついていないことはわきまえているつもりである。が、たとえ不完全なかたちであれ、個人の、集団の、文化の記憶が、耐え難さの限界を超えた経験と向き合うありように一瞥をくれることにはなったのではないかと思う。講演後に寄せられた郵便からも、私は自分の試論が、ドイツ国民の心情のある敏感な部分にふれたのではないかという感じを抱いた。チューリヒでの連続講演についてスイスの新聞が報じるや、たちまちドイツの新聞社やラジオ・テレビの編集局から問い合わせが相次いだのである。講演内容を一部掲載してもよいかとか、この件についてインタビューに応じてほしいとかいったものであった。チューリヒの講演原稿を読ませてほしいと訊ねてきた個人の方もいた。そうした依頼のなかには、ドイツ人を今度こそ犠牲者として捉えたいという欲求に発したものもいくつかあった。また、エーリヒ・ケストナーが一九四六年にベルリン空襲について書いていることや、郷土史資料集や学術報告を引き合いに出して、私の説が充分な根拠に基づいていないと指摘した投書もあった。旧東ドイツ・グライフスヴァルト出身の某女性名誉教授は、新チューリヒ新聞の記事を読んで、ドイツはいまだに二つに分断されている、と嘆きを書いてきた。西の人間はもう一方のドイツ文化をまったく知らないし、知ろうともしていない、あなたの主張はそのいい証拠だ、というのである。旧東ドイツでは、空襲のテーマは少しも忌避されていない、ドレスデン空襲は毎年記憶をあらたにされている、と。一九四五年二月十三日のドレスデン潰滅が、東ドイツ国家体制の公的な言辞においていかにいいように利用されてきたかは、《ドレスナー・ヘフテ》誌に掲載されたギュンター・イェッケルの論文[92]に詳らかであるが、グライフスヴァルトの女性はそのことをとんとご存じないらしい。

ハンブルクからは、ハンス・ヨアヒム・シュレーダー博士が、一九九二年ニーマイヤー書店刊の一千頁にのぼる自著『奪われた歳月――インタビューにみる語られた歴史、歴史の語り――元兵員の眼から見た第二次世界大戦』から、ハンブルク滅亡を扱った第七章を送付してくれた。そして同研究書からわかるように、空襲に対するドイツ人の集合的記憶は、私が考えるほど死滅してしまっているわけではない、と書いてきた。しかしインタビューで表出されたとおり、私は時代の証言者の脳裡にさまざまなことが蔵《しま》われていること自体に疑義をはさむつもりは毛頭ない。ただ一方で驚かずにいられないのは、インタビューのほとんどがいかにも紋切り型の語り口に終始していることだった。いわゆる体験語りの最大の問題は、内容の不十分さ、信頼のおけなさ、奇妙な空疎さ、類型的な語り口や同じことの反復に終始しがちなことである。シュレーダー博士の調査は、心的外傷を残すほどの体験の記憶がいかなる心的機制を持つかについて、ほとんど注意を払っていない。そのため、フーベルト・フィヒテの小説『デトレフのイミテーション《緑青》』で重要な役割をつとめる、萎縮死体を解剖するジークフリート・グレフ博士（実在の人物）のまがまがしい報告をほかの記録と同列に扱ってしまっている。グレフ博士の報告にまざまざと表れている戦慄の専門家ならではのシニシズムを、ほとんど感じ取っていないように思われるのだ。繰り返すが、破壊の夜々の記憶はまちがいなくあったし、いまもあることを私は疑わない。ただ文学を含めて、表現にもたらされるときのかたち《フォルム》に信を置くことができないのだ。そして、戦後ドイツで形成された公共の意識において、その記憶が再建の意志を励ますという意味以外に意味らしい意味を持ってきたとは思えないのである。

チューリヒ講演について雑誌《シュピーゲル》に掲載されたフォルカー・ハーゲ記者の記事に対し、読者から投稿があった。バイロイト大学のヨアヒム・シュルツ博士からのものは、一九四五年から六〇年までに書かれた青少年文学を学生といっしょに調査したところ、程度差はあれ、空爆の夜の記憶を詳述したものが見つかった、したがって私の分析は、〈インテリの文学〉にしか当てはまらないのではないか、というのであった。私はそれらの本を読んでいないが、子ども向けに配慮したジャンルがドイツの惨禍を描写する適切な尺度になるとはどうにも信じがたい。ほかにも送られてきた書簡のおおかたが、それぞれに特殊な関心に駆られたものであった。なかでもあけすけなのが、旧西ドイツのある高校上級教諭からのものである。フランクフルター・ルントシャウ紙に掲載された、ケルンにおける私の講演を機に書かれた長文の書簡であった。私はケルンでも空襲にいささか言及したのだが、K氏として名を伏せておく男性は、このテーマにはほとんど関心を払っておられない。かわりにこの機会を利用して（冒頭、悪意が透けて見えるようなお世辞を並べたてたうえで）、私の文章に見受けられる統語的な悪癖を糺《ただ》された。とりわけK氏をいらだたせるのは、述語の後置がなされていないことである。氏の見るところ、これは急速に蔓延しているドイツ語の単純化のもっとも顕著な特徴である。〈喘息シンタックス〉と氏が命名するこの悪癖は私の文章にも三頁に一回は見受けられる、言語の正しい使用法にこうひっきりなしに抵触するのはいかなる目的と意味があってのことか、しかと説明してみよというのであった。K氏はさらに何点かにわたって自前の言語論をぶち、そして自分は「なんでもかんでも英語にする風潮を憎む者」であると力説した。ただ「幸いにも」私にはその傾向はあまり認められないと請け合ってくれたが。K氏の手紙にはいとも風変わりな詩がいくつかと、「K氏より追伸」「K氏よりさらに追伸」といった表題の書き物が同封してあり、私はそれらを少なからぬ憂慮を感じつつ読んだのだった。

ほかにも私のもとに送られてきた郵便には、手稿のままだったり家族や友人に配る私家版のかたちであったりする、まことにさまざまな文学的試みが同封されていた。《シュピーゲル》誌の読者投稿欄に掲載された、ゼーブルック市在住のゲルハルト・ケプナー氏の予想が一見ほぼ裏書きされたぐあいである。ケプナー氏は次のように書いていた。「忘れてはならないのは、かつて詩人と哲学者の民と称えられた八千六百万の国民が、直近の過去において、都市潰滅と、何百万人の故郷追放という途轍もない惨禍に見舞われたことである。この出来事が文学に反響を残さなかったとは考えにくい。反響はまちがいなくあったのだ。だが、それらのうち印刷に附されたものはわずかだった。ほかは引き出しに蔵われたままになったのである。このようなタブーの壁を打ち立て、(…)いまだにその壁を塗りつづけているのが、ほかならぬマスコミでなくてなんであろう」。ケプナー氏がいかなるものを思い浮かべているのか知らないが——他の多くの投稿と同様、氏の意見にはやや偏執的なきらいがある——、私のもとに送られてきた書き物にあっては、国家の崩壊と都市の破壊に対する大きな、いわば地下的な反響が記されていたとは言い難かった。それらはどちらかといえば快活な回想録であって、ある種の社会的な路線と内面の姿勢を意図せずして表す言い回しを特徴としており、それらにぶつかるたびに、私はひどく落ち着かない思いに駆られた。われらの山々の壮麗な世界、があった。故郷の美しさに注がれる憂いなき眼。クリスマスの聖日(クリスマスはナチスによってみごとに都合よく解釈され、植民地化されたのであるが)。飼い主のドルレ・ブライトシュナイダーが散歩に連れ出してやろうとすると大喜びするジャーマン・シェパードのアルフ。ありし日の暮らしや思いが綴られていた。コーヒーとケーキを囲む愉しい円居《まどい》のとき。中庭や庭でせっせと働く祖母のことが何度も言及される。会食や〈いごこちのいい〉《ゲミュートリヒ》団欒にやってきていたいろいろな男性たち。カールはアフリカに、フリッツは東部に、坊やははだかんぼうで庭を駆けまわる。わたしたちの想いはなによりスターリングラートの兵隊さんたちにある。ファリングボステルのおばあちゃんが手紙をくれる、父さんはロシアで戦死した。ロシアの蛮族に抗して、ドイツの国境が持ちこたえてくれることを祈っている。食料調達がいまやいちばんの大事だ。お母さんとヒルトルートはパン屋さんに間借りすることになった……などなど。このような回想のなにがどのように歪んでいるのかを定義することは難しい。しかしそれが、ドイツ小市民の家庭生活に独特な現れをみていたものと何らかの関係があることに、疑いはない。アレクサンダーとマルガレーテ・ミッチャーリヒが『喪われた悲哀』に記した病理からうかがわれるのは、少なくともヒトラーのファシズム下で起こったドイツの惨禍と、ドイツの家庭における親密な感情の方向性のあいだに関連性があったということである。ともあれ、それら暮らしの報告を読めば読むほどに、甚大な結果を招いた社会ぐるみの常軌逸脱には心理＝社会的な根があった、という仮説が正しいのではないかと思われてならないのだ。むろん、なかには適切な洞察もあった。自己批判の萌芽や、戦慄すべき真実が浮かび上がる瞬間があった。しかしほとんどはすぐさま害のないおしゃべり口調に回収されてしまっている。それは当時の現実にはまったく不釣り合いな口調なのであるが。

私のもとに届いた手紙や手記のなかには、家族の思い出という基本的なパターンからはずれて、書き手の意識をいまも揺さぶる不安感や感情の混乱のあとを示しているものもあった。ヴィースバーデンのある女性は、子ども時代、空襲があるときまって自分はひどく無口になった、と書いている。のちに目覚まし時計のベルや、丸鋸のキーンという音や、雷や大晦日のクラッカーを耳にすると恐怖の発作に襲われた。

また別の、どこかの外出先であわてて書きなぐったようなまさに息もつけない手紙には、ベルリンの防空壕や地下鉄のトンネル内部で過ごした夜々の記憶が切れ切れにぶちまけられていた。眼に灼きついてしまった光景、人々の脈絡のないおしゃべり。宝石を、あるいはブリキ缶入りの塩漬け豆をなにがなんでも救出しなければとそればかり延々と話す人々、膝に置いた聖書を両手がこわばるまで握りしめている女性、なぜかわからないが持ってきたベッドサイドの電気スタンドをしっかと胸に押し当てている老人。しがみつくというこのこと、すがりつくというこのこと、という語が二重の感嘆符つきで並び、そして、ところどころ判読不可能な手紙にはこうある。わたしの震え、わたしの恐怖、わたしの怒り――いまもわたしの脳裡に、と。

チューリヒからは、ハラルト・ホレンシュタイン氏から十頁を超える手紙をもらった。帝国ドイツ人の母とスイス人の父を持ち、幼年期をハンブルクで過ごしたので、ナチス支配下の日常生活についていくらか語ることができるという。商店という商店には、ルーネ文字で次のように書かれたエナメルの看板が掛かっていた。〈あなたがドイツ人客なら、入店の挨拶は「ハイル・ヒトラー」〉。ホレンシュタイン氏は、ハンブルクの第一回空襲のことも書いている。はじめはたいしたことは起こらなかった、と氏は書く。「わたしたちの家の近所はなにごともなかった。ハールブルクの港が一度標的にされただけだった。そこの石油タンクだ。その夜、眠っているところを二度目に起こされて、寝ぼけまなこで防空壕の外に出、ふたたび街路に立ってみると、港の方向の地平線に炎があがって、黒い空を焦がしているのが見えた。わたしは吸い込まれるように色彩のたわむれを眺めた。暗い夜空を背景に、炎の黄や赤が混じったり別々になったりして踊っていた。あれほど透明な輝くばかりの黄色を、あれほど烈しい赤を、あれほど燦然たるオレンジを、以前にも以後にも眼にしたことはない。（…）五十五年が過ぎたいま、あのときの眺めはわたしにとって戦争のうちで最も強烈な体験であったと思う。わたしは数分のあいだ通りに立って、ゆっくりと移ろいゆく色彩の交響楽に見とれていた。あれから、どこでも、どんな画家の作品を見ても、あれほど充溢した輝かしい色彩に出会ったことはない。もしも自分が画家になっていたら、（…）わたしは一生あの純粋な色彩を追求せずにはいられなかったのではないだろうか」。このくだりを読みながら、ふと疑問が湧き起こる。ロンドンやモスクワの大火とはちがって、ドイツの都市の炎上はなぜ誰にも描写されなかったのだろう。「クレムリン宮殿の崩壊は間近だと言われている」、とシャトーブリアンは自伝『墓の彼方からの回想』に書いている。「大小の炎の渦が外へ拡がり、近づき合い、ひとつになる。兵器庫の塔が、炎上する聖所に立つ巨大な蠟燭のように燃え上がる。クレムリンはいまや怒濤の炎海《えんかい》に取り囲まれた黒い島にすぎない。火焔の照り映える空は、脈打つ北極光に涵《ひた》されているかのようだ」。シャトーブリアンはさらに続ける。市街地一帯で「石のドームが音を立てて破裂するのが聞こえる。鐘楼は溶けた金属が滝のごとくに流れ落ち、傾き、揺れ、崩落する。厚板や梁や崩れた屋根が凄まじい轟音を立てて冥府の火河《プレゲトン》に沈み、そこで灼熱の渦を巻いて、金色の火花を無数に飛び散らせる」。シャトーブリアンの描写は目撃者のそれではなく、あくまでも美的に再構成したものである。このようなかたちでドイツの都市炎上のさまを事後的に想像し、惨禍のパノラマに描くことができなかったのは、あまりにも多くの者が体験し、そしておそらくはついに克服し切れなかった凄まじい恐怖に起因しているのだろう。ハンブルクで育ったくだんの少年は、大空襲のはじまる前にスイスへ送られた。だが彼の母親が、その後の体験を語ってくれた。彼女は集団移送でハンブルク郊外の湿地帯モールヴァイデに逃れた。そこは「草地のどまんなかに防空壕が掘られていた。傾斜屋根のついたコンクリート製の壕で、爆撃にもビクともしないということだった。(…)最初の恐ろしいハンブルク夜間空襲のあと、千四百人がここに避難していた。その防空壕が直撃弾をくらい、粉微塵になった。以後生じたことはまさに地獄絵というほかなかっただろう。(…)外では何百人が、なかにわたしの母もいたのであるが、ピネベルクの集団疎開所に移送してもらうためにトラックを待っていた。トラックまでたどりつくのに死体の山を乗り越えていかなければならなかった。完全にばらばらになった死体もあり、つい先刻まであった耐爆防空壕の残骸といっしょに、緑地にごろごろ転がっていた。その光景を目の当たりにして、たくさんの人々が耐えきれずに嘔吐した。屍を踏んで行きながら嘔吐した者も多かった。へなへなと崩れ落ち、失神する者もいた。母はそう語った」。

半世紀以上前にさかのぼる人づての回想であるが、これだけでも戦慄が起こる。だがそれは私たちが知らないことのごく一部でしかない。ハンブルク空襲の後、遠隔の地に散り散りになっていった避難民の多くは心神喪失の状態にあった。先の講演において私は、オーバーバイエルン地方のある鉄道駅で、気のおかしくなった女がトランクをホームに落とし、その拍子に蓋が開いて子どもの死体が飛び出した、という話をフリートリヒ・レックの日記から引用した。このグロテスクな情景がレックのでっちあげであるとは信じがたい、と私はその際ためらいつつ書いたのだったが、たしかにこういう光景は現実の枠内に収めがたく、だからしてどことなし嘘くささを発するものである。しかし、じつは数週間前、私はシェフィールドにある初老の紳士宅を訪ねた。ユダヤの血をひいていたために、一九三三年に生まれ故郷アルゴイ地方ゾントホーフェンを去って、イギリスに亡命した方である。夫人はドイツのシュトラールズントで育ち、戦後まもなくイギリスに移民した人であった。産婆をしていたきわめてしっかりした女性で、現実感覚にすぐれ、想像で話に尾鰭をつけるような傾きのまったくない人である。この女性が一九四三年夏、ハンブルクに火災旋風が起こったあと、シュトラールズントの駅で志願して手伝いにあたっていた。当時十六歳だった。ハンブルクから避難民の特別列車が着いたが、人々の大半は茫然自失の状態にあった。なにが起こったかろくに話もできず、押し黙っているか、すすり泣くか、身も世もなく泣き崩れていた。そして、この移送列車でハンブルクから着いた女たちの何人かが、実際に荷物のなかに死んだ子ども――煙に巻かれて窒息死したか、ほかの原因であったか、ともかく空襲で死亡した子どもを鞄におさめていたのであった。ついこのあいだ、シェフィールドで聞いた話である。そのような荷を負って逃げた母親たちがその後どうなったのか、どうやって普通の生活に戻ったのか、はたして戻れたのかどうかは知るよしもない。だがこうした記憶の断片からうかがえるのは、惨禍のただなかを逃げのびてきた人々の心奥に存する傷の深さを測ることはできない、ということであろう。多くの人々が選び取った沈黙の権利にわれわれが踏み込むことはできない。広島の人々にしても同様である。大江健三郎は、広島について記した一九六五年の手記に、生き残った人の多くは原爆投下から二十年以上経ったいまでも、その日に起こった出来事を語れないでいる、と記している(93)。

語ろうと試みたある男性がいる。その人は、幼年時代の思い出にかたをつけるために、ベルリンを舞台にした小説を長年構想してきた、と私に書き送ってきた。記憶のひとつ――もっとも強烈な経験だったろうが――が、ベルリン空襲であった。「わたしは洗濯籠のなかにもぐりこんでいた。空からぎらぎらした光が廊下の奥まで差し込んできた。その赤い反照のなかで、母がわたしのほうに怯えた顔を近寄せた。抱きかかえられて地下室に降りていったところで、頭上で垂木がふわりと浮かんで、揺れた」(94)。この文章の作者はハンス・ディーター・シェーファー、レーゲンスブルク大学のドイツ文学講師である。私が氏の名前を知ったのは、一九七七年に氏がいわゆる〈零時〉（ドイツの敗戦時を象徴的に表す）の神話についての論文を発表したときだった。作家にせよ作品史にせよ、誰も疑ってもみなかった戦後の〈再出発〉にはそれ以前の時代との連続性があったことを示した論文である。さほどの長文ではないが、ドイツ戦後文学についての最重要の研究のひとつだ。本来ならば出版と同時に、一九四五年から六〇年までに成立したかなりの作品の表向きの真実に対して、文学研究に再考を迫ってしかるべき論文であった。しかしシェーファーの問題提起は、もともと疚《やま》しいところがあり、うやむやをこととしてきた既存のドイツ文学界からほとんど黙殺された。既成の作家像に噛みつくような真似をすれば、今日でも悪評は必至である。さてシェーファーは、幼年期の恐怖をみずから掘り起こそうと考え、図書館や文書館に通い、資料でファイルを膨らませ、一九三三年版グリーベン旅行案内書で出来事の舞台を確認し、そして何度となくベルリンへ飛んだ。挫折した執筆計画について、彼は次のように書いている。「飛行機が市街上空に差しかかった。八月の夕暮れで、ミュッゲル湖は紫紅色に染まり、かたやシュプレー川はすでに夕闇に没していた。戦勝記念塔の上に立つ天使像が、重い鋳鉄の羽をはばたかせて好奇の眼で意地悪くわたしのほうを仰《あお》いだように見えたことを憶えている。

アレクサンダー広場のテレビ塔周辺は闇が濃くなっていた。暗くなるとともにショウウインドウが輝きだす。夕闇はしだいに西方に拡がって、シャルロッテンブルクのほうまで降りていく。湖水が眼にやさしく燃える。地上に近づくにつれて、果てしない車の列が憑かれたように続いていく。反対側をのぞくと、動物園の上空を鴨が鋤型の隊列を組んで飛んでいくのが眼を射た。しばらく後、わたしは途方に暮れたような気分で動物園の入口に佇んでいた。暗い樹々の下を足に鎖をかけられた象が歩いていき、そして闇の奥には、わたしの足音に耳をそばだてている獣たちがいた(95)」。

動物園——恐怖の一瞬の、恐怖の一時《いっとき》の、恐怖の歳月の描写におけるハイライトのひとつは、動物園になるはずであった。しかしどうしても書けなかった、とシェーファーは述べている。「恐ろしい出来事をその暴力のままに呼び戻すことはできなかった(96)」。「決然として求めれば求めるほど、記憶をたぐることがいかに困難であるかを実感せざるを得なかった(96)」。動物園については、シェーファー自身が編集した資料集『第二次大戦のベルリン(97)』に、彼の脳裡に浮かんでいたであろうものをうかがわせる記述がある。〈一九四三年十一月二十二日から二十六日の絨毯爆撃〉の章に、二冊の書物——カタリーナ・ハインロート著『はじまりは蝶だった——ブレスラウ・ミュンヘン・ベルリンで動物と生きて』(ミュンヘン、一九七九年刊)およびルッツ・ヘック著『動物　わが冒険——密林と動物園での体験』(ウィーン、一九五二年刊)——からの引用があり、そこに空襲による動物園の潰滅が描かれているのだ。焼夷弾と黄燐焼夷弾が園内の十五舎を焼いた。羚羊舎《れいようしゃ》、猛禽類舎、管理棟、園長宿舎が全焼、猿舎、検疫棟、大食堂、象のいたインド仏閣風厩舎が大破ないし甚大な被害を受けた。疎開できなかった二千頭の動物の三分の一が死んだ。鹿と猿は外に放たれ、鳥類は禽舎のガラス天井が破壊されたために飛び去った。ハインロートは書いている。「ライオンたちが逃げ出して、ヴィルヘルム皇帝記念教会あたりを徘徊しているという噂が流れた。だがそれはちがう、ライオンは檻のなかで窒息死し、黒焦げになって横たわっていた」[98]。翌日には三階建ての瀟洒な水族館と、長さ三十メートルのワニ館が航空爆雷によって破壊され、人工ジャングルも同時に潰滅した。あとには、とヘックは書いている、足首ほどの深さの池のなかでセメントの塊や土くれやガラスの破片や倒れた椰子や樹々にまじって大蜥蜴が苦痛に身をよじっていたり、見学者用の梯子の下に転がっているばかりだった。爆破された園門のむこうに、潰滅していくベルリンの火焔が赤く空を染めていた。片付けの作業も凄惨をきわめた。厩舎のなかで瓦礫に埋まって死んだ象らは、数日かけてその場で解体処理をしなければならなかった。男たちが巨体のあばら骨にもぐり込み、臓物の山をほじくり出した、と。こうした恐怖図が私たちに衝撃を与えるのは、それが人間が嘗めた苦痛についての、ある意味であらかじめ検閲を受けたステレオタイプの描写の枠を破っているからである。また、ヨーロッパ全土で王侯・皇帝権力をひけらかそうという欲求から生まれた動物園なるものが、私たちの記憶のなかで楽園の写し絵であるかのごとくに思われていたからこそ、上述のくだりを読んだときに衝撃を受けるのでもあろう。だがなにより確認しておきたいのは、平均的な読者の感覚では本来耐えがたいベルリン動物園潰滅の描写が抵抗なく受け入れられるのは、それが専門家たち、極限状況にあっても理性を失わず、のみならず食欲さえあった人々の筆によるものだったからということである。ヘックの書くところ、「大鍋で煮たワニの尻尾は脂ののった鶏肉のよう」であり、のちには「熊肉ハムと熊肉ソーセージがわれわれの珍味であった」[99]。

これまであげた資料からうかがえるのは、ドイツの都市生活がほぼ完全に破壊された時代の現実との向き合い方は、かなり常軌を逸していたということである。家族内での追想や、散発的な文学化の試み、ヘックやハインロートら専門家による回想録を別とすれば、やはり総じて忌避ないし抑制が続いていると言うほかはない。挫折した小説の試みに対するシェーファーのコメントはその方向を指しているし、ハーゲが言及している作家ヴォルフ・ビーアマンの発言も同様である。ビーアマンは、自分がハンブルクの火災旋風について小説が書けるとしたなら、そこでは人生の時計が六歳半のまま止まってしまっている、と語っていた。シェーファーもビーアマンも、のみならず同様に人生の時計がそこで止まってしまったほかの人々も、トラウマ的な体験を語ることはできなかった。理由のひとつは事柄そのものにあり、またひとつは、当事者の置かれている心理＝社会的な状況にあるだろう。とまれ、歴史的ないし文学的描写によって空襲の恐怖を公共の意識にもたらすことに私たちは成功していないのではないかとの仮説は、容易には反証できないのである。チューリヒでの連続講義のあと、ドイツの都市爆撃を詳しく扱った文学として私があらたに知ったものは、象徴的にもいわゆる文学史から消え去った作品群だった。一九四九年に出版されたきり絶版になったオットー・エーリヒ・キーゼルの『不屈の都市』――書名からしてすでにうさんくさいが――は、フォルカー・ハーゲが雑誌《シュピーゲル》の記事に書いているとおり、郷土史的な興味を惹く以上には至っておらず、ドイツ人が戦争末期に経験した破壊を扱う水準には達していない。不当にも忘れ去られた（ハーゲはその理由をはっきり述べていない）作家ゲルト・レーディヒ（一九二一〜一九九九）の場合は、もう少し評価が難しくなる。レーディヒは小説『スターリンのオルガン』（一九五五年）で名声を博してからはやくも一年後、二百頁ほどの小説『報い』を発表したが、その内容は、直近の過去についてドイツ人が読み得る限界を超えたものであった。『スターリンのオルガン』がワイマール共和国末期のラディカルな反戦文学の系列につながっていたとすれば、一時間の空襲のあいだに無名のある都市に起ったさまざまなできごとを、短いシーンを断続的に連ねながら追った『報い』は、いかなる幻想をも打ち砕く書物であった。そしてこの著作とともに、レーディヒは文学界の片隅に追いやられてしまったのである。語られているのは、ようやく子ども期を脱したばかりの高射砲補助兵の一群の恐ろしい末期や、信仰を失った神父や、泥酔した兵士たちの狼藉や、レイプや殺人や自殺であった。そして幾度も幾度も人間の身体が苛まれた。砕かれた歯や顎、欠片《かけら》になった肺、ぱっくり口を開けた胸郭、中身の飛び出した頭蓋、じわじわと滲み出す血、グロテスクにねじ曲がってつぶれた胴体、粉々になった腰骨、コンクリートの壁の下敷きになってまだ動こうとしている人間、つぎつぎと伝染していく爆発、なだれ落ちる瓦礫、粉塵の雲、火と煙。ところどころにイタリックで印刷された静かな文章がはさまれて、ひとりひとりの人間や、死の時間帯に人生を断ち切られた人々への追悼が記される。いずれもそれぞれの人々の習慣や好みや望みなどが言葉少なにあげられている。小説の質を断じるのは容易ではない。瞠目すべき精密な描写もあれば、いかにも不器用で、意が空回りしているところもある。しかしたしかなのは、『報い』と作家ゲルト・レーディヒとが忘れ去られ消え去ったのが、審美的な弱点のゆえではなかったということである。レーディヒ自身、もともと一匹狼ではあったろう。彼の名をまだ記載している数少ない参考図書にはこうある。「ライプツィヒの貧しい境遇に生まれ、母の自殺後、親類に引き取られて育った。教員養成所のテストクラス受講後、電子工学専門学校に入学。十八歳のとき志願して兵役に就き、士官候補生になったが、ロシア出征時に〈アジ演説〉をしたかどで懲罰隊入りした。二度にわたる負傷のあと前線任務には役に立たずとして修学休暇を出され、造船技師に。一九四四年から海軍工業係官。戦後、ライプツィヒに向かう途上で（…）スパイ嫌疑を受け、ソ連軍に逮捕される。しかし移送列車から脱出し、文無しのままミュンヘンへ。足場組み作業員、商人、工芸家などを経て、一九五〇年から三年間オーストリアにおけるアメリカ司令部で通訳をつとめた。その後ザルツブルクの会社にエンジニアとして就職。一九五七年よりフリーランスの作家、ミュンヘン在住」[100]。わずかこれだけの記述でも、素性と経歴からして戦後にできあがった作家の履歴パターンに当てはまらないことがわかる。レーディヒがグルッペ四七（四七年から六七年まで活動した戦後ドイツの文学者集団）のメンバーになることは想像できない。嫌悪と嘔吐を催させるように意識して強いた仮借ない文体は、すでに始まっていた奇跡の経済復興の時代にいまひとたび無政府状態《アナーキー》の亡霊を呼び出すものであり、また全体主義体制の崩壊とともにすべてが瓦解し、人間が粗野で獣のようになり、無法状態となすすべない廃墟が占める世界の恐怖を呼び戻すものだった。今日も名を残し論じられる五〇年代諸作家の作品と較べてもまったく遜色ないレーディヒの小説が文化的記憶から締め出されたのは、それがいわば防疫ライン《コルドン・サニテール》を破るおそれがあったからだった。現実に生じたディストピアが侵入した死の地帯の四囲に社会が引いた防疫ラインである。ちなみに、このディストピアの侵入は、アレクサンダー・クルーゲのいう、産業ベースにもとづいた破壊のメカニズムが生み出したものであるだけではない。表現主義の興隆以降、滅亡と破壊の神話があられもないほど強く喧伝されていった、その結果がこれだったのだ。フリッツ・ラング監督の一九二四年の映画《クリームヒルトの復讐》は、ひとつの民族の軍隊がそっくり、半ば覚悟のうえで破滅の淵に落ちていき、ついには火に包まれて驚くべき炎上のスペクタクルを繰りひろげる話である。ファシストの〈最終決戦〉の明らかな先駆であり、これぞ範例《パラデイグマ》というものであった。テア・フォン・ハルボウが脳裡に描く光景を、ドイツの観客のためにフリッツ・ラングがバーベルスベルク撮影所で複製可能な映像に転じていた二〇年代当時、ヒトラーが権力を掌握する十年も前に、ドイツ国防軍の兵站《へいたん》学者もまたおのれの紡いだケルスキ幻想（ケルスキはゲルマンの一部族。西暦四年トイトブルクの戦い〔別名ヘルマンの戦い〕で、族長ヘルマンに率いられたゲルマン諸部族がローマ帝国軍に大勝した。近代になって反仏ナショナリズムの象徴的戦争として称揚された）にすでにいそしんでいた。ドイツの地においてフランス軍を潰滅させる、その際には国土の荒廃と一般市民の多大な犠牲をも辞さない、という心底背筋の寒くなる筋書きである。(101) 現代版ヘルマンの戦いが実際にどのような結末を見たか——廃墟の野と化したドイツの姿は、この過激な戦略の起草者であり提唱者であるヨアヒム・フォン・シュトゥルプナーゲル大佐（一八八〇～一九六八）にすら、想像の埒外だっただろう。そのあと、国民国家の集合的記憶を護持しようとした作家たちを含め誰ひとりとして——おのれも同罪との自覚があったからこそ——、屈辱に満ちた数々の光景を人々の記憶に甦らせることはできなかった。たとえば一九四五年二月、ドレスデンの旧市街アルトマルクト広場で、トレブリンカ強制収容所で経験を積んだ親衛隊分隊の指導下、六千八百六十五体の屍が荼毘に付されたときの光景を。(102) 凄惨な滅亡のあるがままの光景を究明することには、いまなお禁断の空気がつきまとう。この小論も完全には免れていないが、そこには覗き見的な要素すらあるのだ。いつかデトモルトのある教師が、自分が子どもだった戦後まもない頃、ハンブルクの古書店のカウンターの背後では、火災旋風後の街路に転がる死体の写真がポルノ写真でもあるかのように眺められているのをたびたび目撃した、と話してくれたが、それも不思議ではないのである。

最後にもう一通、新チューリヒ新聞の編集部気付で昨年六月中旬にダルムシュタットから投函された手紙に言及しておきたい。このテーマについて現時点で届いた最後の手紙であるが、私は自分の眼が信じられずに、何度も読み返さなければならなかった。連合軍の空爆は、ドイツの諸都市を破壊してその遺産と伝統を断ち、それによって戦後の文化的侵略と社会全体のアメリカ化（事実それらは起こった）に向けて布石を打っておくという目標に沿っておこなわれたものである、という趣旨である。ダルムシュタットからの手紙はさらにこう続いていた。この意図的な戦略は在外ユダヤ人の陰謀である。周知のごとく流浪の歴史のなかで彼らは人間心理、他国の文化や心性を自家薬籠中のものとし、そこから身につけた特殊な知識によってこれを画策したのである。と。断定口調と事務的な調子の同居したその手紙は、締めくくりに、右に述べた主張に対し専門家として貴下のご高評を仰ぎたく、ダルムシュタットにご返信いただければ幸いである、と結ばれていた。H博士と名乗る書き手がどのような人物なのか、いかなる職業に就き、極右の組織か政党に関係があるのかないのか、それに署名のあとに手書きとパソコン文字の両方で十字形が付け足してあるのはどういうことなのか、私にはわからない。ただH博士のようにどこにもかしこにもドイツ的なるものの死活に関わる陰謀をかぎつける人種は、たいていなにかの団体に所属しているものである。そうした人々は市民ないし小市民家庭の出であって、それゆえ由緒正しい貴族のように国家の保守派エリートを気取れないため、キリスト教西洋ないし民族遺産の自称精神的守護者の一員に連なろうとする。より高い法を引き合いにしておのれを正当化する結社の動きは、周知のように一九二〇年代から三〇年代にかけ、右派保守勢力と右派革命勢力のあいだで興隆をみた。ゲオルゲの詩集『盟約の星』から、〈男の同盟〉の創出としての来るべき帝国の理念までは、一本の線が通っている。後者は一九三三年、救い《ハイル》の年にアルフレート・ローゼンベルク（一八九三～一九四六。ナチスの幹部で思想家）が出版した『二〇世紀の神話』で宣伝されていたものだ。突撃隊と親衛隊が組織化されたのも、直接の暴力支配が目的だったばかりではなく、そもそも絶対的忠誠心をもつ新しいエリートの養成のためであった。そしてそれは世襲の貴族にも、いやむしろ彼らに対してこそ求められたのである。かたや国防軍の貴族たち、かたやしろうと養鶏場主ヒムラーを筆頭とした、いまや祖国の守護者を自認するようになった小市民上がりの成り上がりや出世主義者との間の覇権争いは、いまだほとんど書かれていない腐敗のドイツ社会史における主要な一章となることは疑いない。謎めいた十字形を署名に附したH博士がこの見取り図のどこに位置するかは、これ以上詮索せずとするしかない。かの不幸な時代から立ち戻った亡霊である、というのがおそらくいちばん適切だろう。調べのついたかぎり彼は私とほぼおなじ年回りであって、とすればナチの直接の影響下にあった世代には属していない。また、人づてに確かめたところでは、ダルムシュタットで悪評をとる札付きの人物というわけでもなさそうである（もしそうであるなら、珍説も致し方なしとしたいところであるが）。それどころか氏はいたって健全な理性の持ち主で、まっとうな生活を営んでいるようだ。とはいえ、現実離れのした妄想とたくみな処世術との同居が、二〇世紀前半のドイツ人の脳裡に生じた歪みであったこともまた間違いない。この歪みがなにより端的に見て取れるのが、ナチの将校たちが交わした書簡の筆つきであった。その、客観性を装った関心が狂気と奇妙に入りまじっている筆法は、不気味にもH博士が文に草した想念と共通しているのである。H博士が自分の洞察の鋭さに得々として説く〈説〉そのものは、いわゆる『シオンの長老の議定書』の亜流にほかならない。『シオンの長老の議定書』は、当初帝政ロシアで流布した、真正文書を模した偽書であって、ユダヤの国際組織が世界支配をもくろみ、陰謀の網を張り巡らして、全世界を破滅に陥れようとしている、と唱えるものである。その主張のもっとも毒々しいかたちが、ドイツでは第一次世界大戦後、酒場のテーブルから新聞や文化産業へと広まり、国家機関に進出し、ついには法制化されるに至った。国体を内側から腐敗させる敵が眼に見えぬあらゆるところにいる、というまことしやかな説である。陰にであれ陽にであれ、いずれにせよその敵が指すものは、少数者ユダヤ人にほかならなかった。当然ながら、H博士は当該の説をそのままは受け売りできなかった。連合軍が空爆を開始するはるか以前に、この陰謀説がもととなってユダヤ人はドイツの全勢力圏において権利剝奪され、財産没収され、追放され、組織的に虐殺されていたからである。H博士が、陰謀を図ったユダヤ人を周到にも国外在住者に限っているのはそういうわけなのだ。博士はもうひとつ、奇妙な言辞を付け足している。ドイツ潰滅に責任を負うべきユダヤ人は、憎悪からではなく、他国の文化や心性を自家薬籠中のものとしていたからそういうことをしたのである、というのだ。とすれば、ここには例えばフリッツ・ラングの同名映画に出てくる破壊的な変身の天才、ドクトル・マブゼを動かしていたのと同じ動機が持ち出されているということだろう。みずから出自をさだかとしないドクトル・マブゼは、あらゆる環境に適応することができる。はじめ、マブゼはシュテルンベルクという投機家の役柄を演じて、犯罪的手管によって株式市場の暴落を引き起こす。ついで違法カジノの賭博師となり、つぎに犯罪集団の親玉となり、贋金工場の経営者となり、煽動者、えせ革命家となり、ザンドール・ヴェルトマンという不吉な名のもと、催眠術師となって、彼に全力で抵抗する人々をすら支配してしまう。ほんの数秒間の特徴的なシーンで、カメラは、この意識を麻痺させ魂を破壊する達人の玄関先に〈ドクトル・マブゼ　精神分析医〉という看板が掛かっているのを映し出す。H博士が空想する在外ユダヤ人と同様、ドクトル・マブゼも憎悪に駆られて行動するわけではない。重要なのは権力、そしてそれを得る快感だけなのだ。人間心理を知悉しているゆえに、マブゼは犠牲者の脳裡に入り込むことができる。いっしょに卓を囲む競技者を破産させ、トルド伯爵を廃人にし、妻を奪い、敵手フォン・ヴェンク検事を死の淵に立たせる。テア・フォン・ハルボウの脚本において、典型的プロイセン貴族をあらわすフォン・ヴェンクは、市民層の信頼のもと危機の時代に秩序を維持する人物であり、軍隊（警察だけでは足りないのだ！）の力を借りてついにマブゼの抵抗を破って、伯爵夫人とドイツを首尾よく救う。フリッツ・ラングの映画は、一九世紀末からドイツに広まっていた外国人嫌悪の範例なのである。H博士が描くところの、ドイツの都市破壊戦略を発案した人間心理のスペシャリストとしてのユダヤ人像は、元をたどるなら、ドイツ社会が陥っていたこのような集団的ヒステリー状況にいきつくのだ。今日の眼で見れば、H博士の発言などは箸にも棒にもかからぬ輩の妄言としてたやすく一笑に付されることだろう。たしかに妄言にはちがいない。しかしだからといって戦慄すべきものでないかといえば、そうではないのである。なぜなら、私たちドイツ人が世界にもたらした測り知れない苦しみの端緒になにかがあったとすれば、それは無知と怨念から流布されたこうした言辞にほかならなかったからだ。ドイツ人の過半数は、現在、自分たちがかつて生活していた都市の潰滅を誘発したのが自分たちであったことを知っている

（と少なくとも思いたい）。技術的資源が許しさえすれば、空軍元帥ゲーリングがロンドンをこの世から消し去っていたであろうことを、いま疑うものはいないだろう。建築家アルベルト・シュペーアは、一九四〇年、帝国宰相官房における夕食会で、ヒトラーが大英帝国の首都を潰滅させる夢を語っていたと記している。「ロンドンの地図を見たことがあるかね？　建物がびっしり混みあっているから、全市を破壊するにはひとつ火事を起こすだけで充分だ。二百年前と同じようにね。ゲーリングは新型の焼夷弾を無数に落として、ロンドンの各所で火災を起こすつもりでいる。どこもかしこも火元だ。何千という火元だよ。するとそれがひとつにまとまって、途方もない大火災を引き起こすという寸法だ。ゲーリングはまったくいいことを思いついた。爆裂弾は効果がない、だが焼夷弾ならできる、ロンドン潰滅がね！　いったん燃えだしたら、消防になにができる？」[103]。陶酔に満ちた破壊幻想は、現実にもゲルニカ、ワルシャワ、ベルグラード、ロッテルダムの空爆をドイツが世界に先駆けて行ったことと軌を一にしていた。私たちがケルンやハンブルクやドレスデンが燃えた夜を思うなら、同時に以下のことを想起すべきだろう。一九四二年八月、ドイツ第六軍の先鋒がヴォルガ河に達し、少なからぬ者が、終戦後は静かなるドンの河畔の桜の園に土地を得て住みつこうと夢見ていたそのとき、難民で人口の膨れ上がっていたスターリングラード（空襲前夜のドレスデンもまったく同じ状況にあった）が千二百機の爆撃機によって空爆され、対岸のドイツ軍を意気揚々とさせたこの攻撃によって、四万人の命が奪われたことを[104]。

悪魔と紺碧の深海のあいだ

作家アルフレート・アンデルシュ

ドイツ文学はアルフレート・アンデルシュにおいてそのもっとも健全で自立した才能を有している。

アルフレート・アンデルシュ

（自著カバーに印刷された本人による宣伝文）

文筆家アルフレート・アンデルシュ（一九一四〜一九八〇）は、その生前から毀誉褒貶が相半ばしていた。一九五八年にスイスに〈移民〉するまで、アンデルシュはラジオ局編集長、文芸誌《テクステ・ウント・ツァイヒェン》発行者、ドイツにおけるリーダー的な話題《フィーチャー》作家（母親への手紙に見える彼自身による表現[1]）として、新展開していたドイツ文学産業の中核に位置していた。後年、彼はある意味では計画的に、またある意味では自身の意に反して、しだいに周辺に退いていく。アンデルシュが語り、ひろめた彼自身のイメージとして定着しているのが、〈周縁〉〈隠遁〉〈撤退〉〈逃走〉といった概念であった。ところが一方、以下の伝記的資料から明らかになるように、アンデルシュは実のところ戦後ドイツのたいがいの作家の誰よりも成功に飢え、成功に貪欲だったのであって、その事実は彼が流布したイメージによってはいささかなりとも揺るがないのである。母親に宛てた書簡から見えてくるところでは、アンデルシュ自身は自作の重要性に関して、どうあっても控え目とは言えそうにない評価をしていた。「ユンガーの評論が放送されたら、ちょっとしたセンセーションになりますよ」。一九五〇年に書いた反ユダヤ主義を題材にした時事的な戯曲は「ぼくが手を染めたもので最良の出来です。（…）フリートリヒ・ヴォルフの『ナムロック教授』なんかよりはるかにいい」。ミュンヘンでは「めきめきと頭角を現している」と自己評価し、フランクフルトの書籍見本市では、長編『ザンジバル』刊行に際して出版社が「豪勢なレセプションをしてくれることになっています」と書く。ちなみに『ザンジバル』には――とママへの同じ手紙にある――「現代におけるもっとも偉大な文芸史家ムシュク教授が（…）すばらしい評価を書いてくれました」。いままた「すごいラジオドラマに取り組んでいます」、「すごい新作小説」を書いています、「ラジオ用のすごい作品を完成しました」。新チューリヒ新聞で『半日陰の恋人』が連載されることになったときには、「この高級紙は（…）最高のものしか[2]載せないのですよ、とママに注意書きが送られる。こうした言辞は、母親との関係において大きな役割を果たす承認強迫を示すものであり、同時に成功と世間の注目に対する彼自身の貪欲さも証示している。それは〈内的亡命者〉であったアンデルシュが自作において好んで宣伝した、私的な無名のヒロイズムという観念とはっきりと矛盾するものだ。いずれにせよ、〈すごい《グロース》（偉大な）〉は、アンデルシュの自己評価と自己描写のキーワードであった。アンデルシュは偉大な作家になることを望んでいた。偉大な作品を書き、豪勢なレセプションをしてもらい、そうした機会にあわよくば他の競争相手の影を薄くさせるような作家になりたかった。たとえばミラノで、アンデルシュは次のように成功を報告する。「モンダドーリ社がぼくとフランスの作家ミシェル・ビュトール（この順序に注目してほしい）にレセプションをしてくれました」。アンデルシュはその席で「二十分間イタリア語で」スピーチして「拍手喝采を浴び(3)」たが、つづいて「フランス語でスピーチした」ビュトールは、どうやら喝采を浴びることはできなかった。

アンデルシュが範とした偉大な作家のモデルは、志向性と姿勢の点では当初からエルンスト・ユンガー（一八九五～一九九八）だった。ユンガーはヒトラー時代の到来にひと役買った人物ではあったが、ヒトラー時代に屹立する孤高の作家、西洋ヒューマニズムの守護者とされた作家である。作家としての成功と名声についてなら、トーマス・マンがお手本的存在だった。この点について、ハンス・ヴェルナー・リヒター（戦後アンデルシュとともに雑誌《叫び》を発刊。発禁後〈グルッペ四七〉を創設した）がアンデルシュについて以下のごとく回想していることは興味深い。「彼は野心家だった。なまなかの野心ではない。野心が飛び抜けていた。ささいな成功はさらりと流した。とくに意に介しもしなかった。目標は声望、そんじょそこらにはない声望であった。彼にはあって当然なのだった。目標は声望、時間も空間も死も超越した声望。いささかのためらいも見せず、臆面もなくそのことを語った。あるとき、初期の頃でわたしたちがまだふたりで文芸誌《叫び《ルーフ》》を編集していた頃である、アンデルシュは同僚や友人が居合わせたそこそこの大きさの会合で、ぼくはトーマス・マンに比肩するようになるだけじゃない、マンを凌駕するだろう、と述べた。まわりにいた者は呆気にとられて、言葉を失った。誰も口をきかなかった。気まずい沈黙が落ちたことに気づかないのは、フレッド（アンデルシュ）ひとりだった。賛成してもらったと思ったのだろう(4)」。たしかに当初、アンデルシュの予想は当たったかに見えた。一九五二年刊の『自由のさくらんぼ』は毀誉褒貶を呼び、そのためもあって大売れした。アンデルシュの伝記を書いた研究者シュテファン・ラインハルトが書いている。「アンデルシュの名前はまたたくまに（…）西ドイツのあらゆる人の口に上るようになった」[5]。アンデルシュが上司であるラジオ局監督ベックマンに書き送ったとおり、「本邦の重要な知識人たち」[6]から称賛の手紙も舞い込んだ。成功路線は『ザンジバル』（一九五七年）によってさらに続く。反響は大きく、誰もが口を揃えて称讃した。疑義は数えるほどしか出されず、内容の弱点はまったく触れられなかった。第三帝国はこれを以て「文学的に克服された」[7]と臆断する者もいた。『赤毛の女』（一九六〇年）の刊行でアンデルシュの構想と文体上の弱点が看過し得なくなったとき、はじめて批評界は二分される。一方ではケッペンが「今世紀もっとも読むに値する小説」[8]と絶賛し、もう一方でライヒ＝ラニツキは、胸くその悪い嘘とキッチュのごたまぜ、と評した[9]。商業的な成功――フランクフルター・アルゲマイネ紙に発売前に一部掲載、高い販売部数、映画化の申し出――によって、さしあたりアンデルシュには、酷評は新聞批評家たちの妬み心の産物だとして、意に介さない余裕があった。のちの大物批評家ライヒ＝ラニツキも、当時はまだ数年後のような影響力を持っていなかったのである。しだいに客観性をめざす努力はするようになったものの、おおむねは動ぜず、アンデルシュは声望を確立すべく仕事に励んだ。六〇年代前半の小さい仕事――ラジオドラマ、短篇小説、エッセイ、旅行記――がそれを示している。一九六七年に『エフライム』が出版されると、またしても批評界はまっぷたつに割れた。「最高の芸術的知性」の書、「今年度最高の小説」と大々的に持ち上げられる[10]一方で、大物批評家たちは今度は歯に衣を着せなかった。ロルフ・ベッカー、ヨアヒム・カイザー、ライヒ＝ラニツキが、もったいぶった文体を内容空疎だと評し、キッチュな駄作だとこき下ろしたのである。アンデルシュは手厳しい批評にいちじるしく気分を害し、伝記によればその後二年してすら、「マルセル・ライヒ＝ラニツキが企画した《分裂し得ぬドイツの管財人》展に自分の名が連なるのを[11]」許さなかった。「あの男の〈企画〉展に出るなどは屈辱である[12]」とアンデルシュは書いている。アンデルシュが要求していた文学的評価と、三文小説家だとの批評家の反応との落差を考えれば、こうしたルサンチマンにみちた反応は不思議ではない。ちなみに、アンデルシュの怒りの拒否は、次の機会にさっそく気が逸れなければおさまりようはなかっただろう。ライヒ＝ラニツキが短篇集『プロヴィデンスでのわが消滅』を褒め、アンデルシュの短篇のひとつを自身の編集によるアンソロジー『未来の防衛』に採用すると、アンデルシュはあれだけ毛嫌いしていた男に対して、そそくさと愛想のいい手紙を書き送る。近刊が予定されていた主著『ヴィンターシュペルト』を好意的に書評してほしいとの思惑が少なからずあったのだろう。この書物に対しロルフ・ミヒャエリスが一九七四年四月四日付ツァイト紙に痛烈な批評を載せた四日後、期待してよかったはずのライヒ＝ラニツキの書評がフランクフルター・アルゲマイネ紙で同様にきわめて否定的な評価を下し、労して読むに値しない本であるといったことが締めの一文にほのめかされるに至って、アンデルシュははなはだしい侮辱を感じ、伝記によればライヒ＝ラニツキを告訴しようかとすら考えたという。伝記作者ラインハルトはこう書いている。「『ヴィンターシュペルト』が彼を高名にするはずだった——それがこれである[13]」。

作家アンデルシュの成功と失敗をざっと概観してみたが、ここから否応なく浮かんでくるのは、批評相互の食い違いをどう捉えればよいのかという問いである。新聞評では一部酷評されたとはいえ、一般に受けとめられているように、アンデルシュはやはり戦後の最重要作家のひとりなのだろうか。それともそうではないのか。もし後者であるなら、その不全はいかなる種類のものであったのか。作品の難点は、ときおり文体が上滑りしたというだけだろうか、それともそれらはより深層の欠陥《マレーズ》に由来する兆候だろうか。市井の書評と異なりアンデルシュの著作にほとんど物言いをつけなかったドイツ文学界は、この業界特有の隠蔽に動いた。これまで少なくとも半ダースの研究書が出版されているが、実のところ彼が本質的にいかなる作家であったかを明らかにしている書物は、一冊としてない。とりわけ（論難した批評家たちを含め）眼にも明らかなアンデルシュの日和見的体質、その日和見主義が文学に及ぼした影響について考えようとした者は誰もいない。古い箴言（私の記憶違いでなければヘルダーリンのだったと思う）によれば、重要なのは芸術作品内部の隅だけでなく、その外部の四辺形もである。これにしたがって、まずアンデルシュが人生のさまざまな転機に下した決断について、および、その決断が文学作品にいかに変換されているかについて、以下少々述べることとしたい。

『自由のさくらんぼ――ある報告』において、洗いざらい告白してしまいたいという、ときには胸を打つ欲求に勝っているのが、自己弁護的な基調である。回想はすこぶる選択的におこなわれ、決定的に重要な込み入った箇所はすっぽり抜かされ、個々の場面には注意深く修正がほどこしてある。「ある報告」という副題が眼目として告げている客観性には、これはいささかそぐわない。ダッハウの収容所に収容されていた一九三三年五月までの三か月間（アンデルシュは共産党の青年幹部としてミュンヘンで活動、三三年春に逮捕され収容所に送られた。解放後同年九月に再逮捕されたが二度目の収容所行きは免れた）をアンデルシュがまとめている三頁弱は、奇妙に内容空疎で大雑把な感じがする。二度目に逮捕されてミュンヘン警察本部の監獄に入り、すさまじい恐怖に襲われながらダッハウで送った数か月間を回想する、という体裁で問題の数頁が配置されているために、テクストの構成上それもやむを得なくなっているのだ。目撃したに違いないものを、後にも先にもしっかり記憶に呼び戻すことを許されていないかのごとくである。「逃亡して射殺された」ふたりのユダヤ人、ゴルトシュタインとビンスヴァンガーのエピソード(といってよいかわからないが)――(「バラックの間に敷いた板の上でわれわれが夕食のスープを食べていたとき、鞭で打ったようなパーンという音がわれわれを襲った」[14])――には、どことなしに、収容所で行われていた恐るべき個々の出来事を消し去るフロイトの隠蔽記憶のような性格がある。これに対し、ミュンヘンの警察本部での午後、「要求されることはなんでもしゃべるつもりでいた」[15]という胸中の恐怖を告白するくだりには真実味があり、この書物のもっとも印象的な部分になっているが、それはアンデルシュが自分を取り繕っていないからである。作品の評価はともかく、ここに取り上げたくだりからわかるのは、同時代の大多数の人々と異なって、一九三三年秋にはアンデルシュがすでにファシズム体制の本質について、いかなる幻想ももはや抱かなくなっていたということだろう。しかしこの〈先見〉があっただけに、その後彼が〈国内亡命〉を選んだことには逆に疑念が浮かばざるを得ないのである。

「国外に逃げるという考え」[16]は逮捕以前は若さと経験不足からまったく頭に浮かばなかった、というアンデルシュの言い分を信じ、また、拘留が解けてすぐは放心状態で亡命などは考えられなかった、という言い分までも信じるとして、にもかかわらずそれ以降、つまり一九三五年から三九年まで、スイスに行くとかスイスに残留するとか等のさまざまな形で提供された機会をアンデルシュがなぜ利用しなかったかは、不分明のままである。死の二年前のインタヴューで、アンデルシュははじめて率直に、当時自分は行動を誤った、と認めている。「わたしができたはずのこと、そしてわたしがしなかったことがあります。わたしは亡命できたのでした。独裁体制下で国内亡命に入ることは、あらゆる可能性のなかで最悪のものでした」[17]。この告白が依然として秘匿しているのは、彼がなぜ故国にそのまま残ることを選んだか、その理由である。さらに言うなら、アンデルシュを〈国内亡命〉の一員に連ねてよいのかどうかすら、じつは疑問なのだ。〈国内亡命〉組の会員権を得るのはさほど難しくない、ということを鑑みてすらである。さまざまな点からうかがえるのは、アンデルシュの国内亡命が、実のところ支配体制に迎合した、声望を失墜させる行いであったことだ。『自由のさくらんぼ』では、自分は日祝日に審美的な世界に逃れるのだ、といったことが語られる。その世界では「ティエポロの透明な塗料のつややかさのなかで、おのが失われた魂をふたたび見い出せる喜びがある」[18]と。繊細な若い男は、平日は「出版社の会計部門で」働き、アンデルシュの表現によれば「全体主義国家の組織形態がわたしの周囲にぐるりと築いた」[19]社会にほかには取り合わないでいる。アンデルシュが勤めていたパウル・ハイゼ通りのレーマン出版が、民族主義的な政治論、人種論、人種衛生学を扱っていた第一線の会社だったことを考えるなら、拡大しつづける全体主義の実態を黙殺するのは、それほど簡単ではなかったはずだろう。アンデルシュの伝記を書いたシュテファン・ラインハルトは、レーマン出版を「人種主義が胚胎し、孵化する場所である出版社」[20]だったと正しく述べているが、このような出版社での仕事が、内的亡命にある人間の自己理解とどのように折り合うことができたかについては追求していない。心の中で亡命している者として、アンデルシュはたとえば園芸業者で働くこともできたはずであった。伝記作者が皮肉を交えるでもなく書いているように、「自然に没入して、霊感と新たな創造力を得たい(21)」という欲求が日々高まっていた彼にとって、ひょっとするとそのほうが似つかわしかったかもしれないのだ。

アンデルシュが『自由のさくらんぼ』に総括した発展小説において、ばっさり省かれている最重要の箇所は、アンゲリカとの結婚のてんまつである。一九三五年五月、アンデルシュはドイツ系ユダヤ人のアンゲリカ・アルベルトと結婚した。それは同年九月に施行されたニュルンベルク法の影響からアンゲリカを護るためだった、とラインハルトは書いているが、同時に、アンデルシュが結婚する気を起こしたのは、アンゲリカから「放たれる色気」と彼女の身上――アルベルト家はかなりの資産家だった――も与《あずか》っていたのだろう、と認めてもいる(22)。アンデルシュがアンゲリカ・アルベルトを護ろうとしていたという主張は、なにより一九四二年二月、アンゲリカと生まれてきた娘と別居するやアンデルシュがたちまち離婚を迫り、その結果一年後の一九四三年三月六日に離婚が成立したという事実から成り立たない。これによりアンゲリカがいかなる危険に曝されたかは、詳述するまでもないだろう。人種法の施行どころではない、〈ユダヤ人問題の最終解決〉が着々と進行していた時期だったのである。アンゲリカの母イードル・ハンブルガーはすでに一九四二年七月、ミュンヘンのクノール通り一四八番地にあったユダヤ人収容所からテレージエンシュタットに〈移動〉しており、そこから二度と帰還しなかった。シュテファン・ラインハルトは律儀にも、離婚に至らざるを得なかった事態にアンデルシュがひどく落ち込んでいた、と述べているが、その憂鬱が彼にどのような影響をもたらしたかについてはまったく触れていない。むしろラインハルトによる伝記を虚心に読むなら、印象は逆であって、アンデルシュはむしろこの年、人生の再出発に忙しかったという感じをうける。なんとしても作家として世に出ようと望み、帝国著作院の一員に迎えられるべく熱心に動いた。加入することが文学作品出版の前提条件だったのである。必要書類のひとつが、ほかならぬ配偶者の血統証明書だった。アンデルシュは一九四三年二月十六日、ヘッセン・ナッサウ大管区の地方文化行政局に申請書を出し、離婚が正式に成立する三週間前にして、婚姻関係の記載欄に〈離婚ずみ〉と記入する。この由々しき事実を明るみに出した[23]シュテファン・ラインハルトは、しかしアンデルシュの弟マルティンの談話を引いた上で、上述のごとくアンデルシュは離婚によって深刻な道義的葛藤に陥ったが、その反面で「自己の成長がもっと重要だったのだ[24]」と述べただけで矛を収めている。

その自己の成長がいかなるものであったのかは、容易には突き止めがたい。ただ、アンデルシュがひとりひそかな抵抗運動の闘士に変身したというのはありそうもないだろう。一九四一年と四二年はドイツの勢力が頂点に達した時期であり、ヒトラーの千年王国は終わりなきがごときであった。アンデルシュが当時執筆したもの、たとえば短篇「技術者」はこれに呼応するかたちで、指導者、血、本能、力、魂、生命、肉体、遺産、健康、人種などの概念がふんだんに盛り込まれている[25]。著者がアルベルト家との経験を〈消化〉して書いたこの物語を見れば、その文学的成長がいかなるものになるはずだったかはおおよそ見当がつこう。アンデルシュはアンゲリカと別居しているうちから、すでに画家のギーゼラ・グローノイアーと芸術家同士の同居生活をもくろんでいた。ラインハルトによれば「あたらしい刺激[26]」をくれたというこのギーゼラは、アンデルシュに、自分の創造的な潜在能力を発揮するべきだと強く語った。ギーゼラが一九四三年にプリューム、ルクセンブルク、コーブレンツの三箇所で展覧会を開催できるようなコネを党の地方幹部との間に持っていたことも、この脈絡でまったく無関係ではなかろう。もしも第三帝国が崩壊しなかったなら、グローノイアーとアンデルシュの芸術家カップルの共同作業がどうなっていたかは、むろん措いておかなければならない。ドイツ人男性とユダヤ人女性、およびドイツ人男性とドイツ人女性間のこの別離と組み合わせの物語には、だが後日談にもうひとつ、以下の話が加わる。一九四四年十月八日、捕虜となってアメリカの捕虜収容所に入っていたアルフレート・アンデルシュは、ルイジアナのラストン収容所当局に対し、押収された書類や原稿を返却してほしいと願い出る。願い出の眼目は、こう表現されている。「現在まで自由な執筆活動を禁じられ、妻はユダヤ系混血児《マングレル》で、また私自身がドイツの強制収容所にしばらく拘留されていたことから、これらの原稿と日記には長年にわたる圧制下での私の思念と計画の最重要の部分が含まれております(27)」。この文書で慄然とさせられるのは、この男の生半可でない独善性であり、「ユダヤ系混血児」なる、ドイツの人種イデオロギーに由来するアンゲリカのおぞましい呼び名であり、そしてなにより帝国著作院に提出した申請書では否認し、とうの昔に離婚したアンゲリカをこんどは「妻」と申し立てて憚らない、その事実である。これ以上のさもしい術策を取れるものではなかろう。

『自由のさくらんぼ』第二部は、ほとんどアンデルシュの軍人としての経歴、および脱走によるその終焉に関わるものだ。アンデルシュは一九四〇年に召集されて、ラシュタットの保安大隊に配属された。やがて上部ライン地方に駐留、ライン河対岸のフランスを見張る。めずらしく率直に――しかし残念にもそれは実を結んではいないが――アンデルシュは自伝的報告のなかで「当時、脱走など、したいとも思わな

To the Authorities of the PoW-Camp Ruston / La.

8. 10. 1944

Dear Sirs,

I beg to submit to you the following entreaty:

Upon my arrival on board the steamer "Samuel Moody" at Norfolk / USA. from Naples (29.8.1944), my diaries, letters and the manuscript of a narrative were taken from me for censorship with the remark that all these things would be returned to me as soon as possible. The papers were put into a brown envelope bearing my name and PoW-Number. Being a writer, all these things are most valuable and irretrievable to me. Prevented from free writing, up to now, my wife being a mongrel of jwish descent, and by my own detention in a German concentration-camp for some time, these papers and diaries contain the greatest part of my thoughts and plans collected in the long years of opression.

I therefore beg you most urgently to restore them to me at the earist possible convenience. I also beg to

inform you that your intelligence officers behind the
Italian front perused these notes and gave them back to
me again. Even a major who spoke to me in an exami-
nation-camp near Washington two weeks ago promised
to see that my diaries etc. would be returned to me as
soon as possible.

Hoping that you will comply with my request and
thanking you in advance for your kind intervention
I remain

very respectfully

yours

ALFRED ANDERSCH

PW-No.: 81 G 256 993

かった。わたしはすっかり駄目になっていて、ドイツが勝つとすら思っていた」と書いている。[28] つづく二年間には、この見解を覆すようなきっかけはなかっただろう。むしろ向かうところドイツに敵なしという事態が日々明白になるにつれ、その感は強まったはずだ。アンデルシュにとって当時抵抗ほど遠い考えはなかったのであり、勢いづいた体制にある程度日和見的に同調していなかったとは言い切れないのである。ラインハルトは遠慮がちに脚注に回しているが、弟のマルティン・アンデルシュが、兄には「不安定な時期[29]」があった、と語っているのはおそらくしかるべき意味があったのだ。アンデルシュは一九四一年春、強制収容所の入所経験を申し立てて首尾よく除隊されたが[30]、この成功を抵抗行為とはみなせないだろう。同様に彼が前線に出るのを熱望しなかったからといって、むろん責められはしない。二度目に応召されたとき、アンデルシュは母親に宛てて、予備役将校（後方にいることができる）になれるよう努力すると書いている。[31] 後には航空省での安全な仕事に応募する。その一方で、自分が配属された予備隊の「責任逃れ的な雰囲気[32]」が気に入らない。アンデルシュの真意が奈辺にあったのか、解釈はいかようにも可能である。ちなみにことはそう簡単には運ばぬもので、努力の甲斐なく、アンデルシュは結局戦場に駆り出される。そこでまずは嬉しい驚きを得た、と言っていいだろう。上官とバイクで晴天の南欧を走った、と彼は故郷のママに書いている。「ピサ、斜塔、聖堂、そして（…）素晴らしいアルノ河畔のこのうえなくイタリア的な風景がぼくのそばを飛びすぎていきました。可愛らしい小村で宿営です。（…）夜はやさしくあたたかく、キャンティのボトルもむろんあります。そしてなにより、百%兵士であることが求められています。しかしそれも愉しきかな[33]」。ここには、『自由のさくらんぼ』の真実味を測ることのできる当時の彼の生の声がある。ア

ルフレート・アンデルシュの成長物語をより正確に伝えるのは、むしろこちらであって、彼がそこから拵えた文学作品ではないのだ。戦時の観光は、アンデルシュが後によく旅をするようになるきっかけとなった。この経験にある種の昂揚を感じたドイツの小市民は、アンデルシュひとりではない。「壮観でした」とアンデルシュは一九四四年十二月にルイジアナから自宅に書き送っている、「ぼくがこの一年に見たものすべてが」[34]、と。脱走を実存的な自己決定とする凝った描写は、こうした背景から見るとヘミングウェイ的な輝きがなにほどか失せて、アンデルシュはただの――だからといって誰もアンデルシュを悪く取りはしないだろう――、好機に乗じて姿をくらましただけの男に見えるのだ。

戦後まもなく、アンデルシュは雑誌《叫び》の編集発行人、文芸記者として世に出たが、このデビューは、それ以前の多少ともあれ個人的な来歴に劣らぬほど折り合い的なものであった。ウルス・ヴィトマーが一九六六年に西ドイツの出版社から刊行した博士号請求論文『一九四五年または〈新しい言語〉』[35]は、三十頁ほどの章のなかで多数の例を引きながら、リヒターとアンデルシュの手になる記事が、ほとんど例外なく一九四五年以前の時代に発想の源をもつことを証している。証明はむずかしいわけではない。というのも、《叫び》はファシスト言語のまさしく一覧表であり、オンパレードであるからだ。アンデルシュは第一号（一九四六年八月）に「ヨーロッパの青年は（…）自由のあらゆる敵に対し火の玉《ファナーティッシュ》となって戦うであろう」[36]と書いたが、これは一九四四年にヒトラーが、迫りつつある決戦に「火の玉《ファナティスムス》となり最後の最後まで戦い抜く」[37]と述べた新年の辞の一変種であるにすぎない。ここはアンデルシュの記事のほぼ全文から引用可能なそうした箇所をいちいち開陳する場ではないが、ただたしかに言えるのは、言語的腐敗、空疎

悪魔と紺碧の深海のあいだ

で堂々巡りするパトスに堕している点はいびつな精神が表に現れたものにすぎず、その精神は内容にも反映されているということである。驚くべきおこがましさは、総じてしごく楽な戦争を経験したアンデルシュが、いまや「スターリングラード、エル・アラメイン、カッシーノの戦士たち」の代弁者をぶっていることだ。しかもアンデルシュは、ニュルンベルク裁判に対する論評で、この戦士らはダッハウやブーヘンヴァルト強制収容所における犯罪に対してはなんの罪もない、としている(38)。たまさかの失言というものではない。こともなげに放たれたこの発言は、当時まさに生まれつつあった〈国防軍に集団としての罪はない〉という神話への寄与であり、雑誌《叫び》が堅持していた立場と軌を一にするものであった。余談ながら、自分について書かれているものは入念にチェックするアンデルシュが、ヴィトマーのこの著作だけは見逃していたものらしい。少なくとも入念な調査に基づくラインハルトの伝記には、これに関する言及はない。またアンデルシュについての研究文献（ヴェーデキングやシュッツらのもの）にも、中立をこととするドイツ文学にとっていささか煙たいヴィトマーの説は一言も触れられていない。アンデルシュ本人は、この十三年後にようやくヴィトマーと間接的に知り合った。批評家フリッツ・J・ラダッツが一九七九年十月十二日付ツァイト紙文芸欄の「われらは書きつづける、たとえすべてが粉微塵になれど……」と題した評論の冒頭で、ヴィトマーの著作とアンデルシュについて触れたときである。同じくツァイト紙に掲載された論評で、アンデルシュは（彼の名誉のために言っておくが）、ラダッツの言い分を全面的に認めている。この態度を取らせたものがなんなのかは、一概には言い難い。論文の著者ヴィトマーを手放しに褒めちぎっているところなど、私にはいささかうさんくさく思えるほどだ。「文学の政治性に関わる論文でこれほど鮮やかでインパクトを持ったものを読んだことがいつあったか記憶にない。画期的論考だ」。次の表現にも熱がこもりすぎの感がある。「とりわけ（…）わたしを批判している部分には（…）わたしは全面的に賛成する。いまではわたしは自分の初期の発言の多く（今回のものばかりでなく）について、ラダッツよりもはるかに批判的である」。不愉快な事柄にそそくさとけりをつけるこの言い分の正しさを証拠立てるものは、アンデルシュが同じ箇所で、かつて自分の書いたトーマス・マン論は耐えがたいから撤回したい、と申し出ている一点をのぞいては、私の知る限りない。だがラダッツへのこうした応答は、遅いにしても懺悔であり、このとき——死の数か月前で、極限状態にあった——アンデルシュが人生の所業をある種の悔恨とともに振り返っていたしるしだったと見ることはできるかもしれない。

　自伝的報告『自由のさくらんぼ』に次ぐアンデルシュの初の本格長編小説は、『ザンジバル、もしくは最後の理由』である。だがこれもまたつぶさに見るなら、書き換えられた自伝であることがわかる。それも、『自由のさくらんぼ』には書かれなかった部分についてのものだ。登場人物の設定からして、中心的な男女のペア（グレゴールとユーディト）は明らかにアルフレート・アンデルシュとアンゲリカ・アルベルトという現実の男女に対応する。違いは、アンデルシュがグレゴールを隠れた英雄（自分がなれなかったもの）にしている点であり、またユーディトが、「金持ちのユダヤの家庭に育った、甘やかされた若い娘」[39]で、そこまで値しないにもかかわらず、見捨てられずにグレゴールの助力によって亡命できる点である。いかなるものよりも抑えがたいのがルサンチマンなのだ。ちなみにユーディトは、レーリク市にはじめて現れたときすぐに、ユダヤ人であることが強調される。「ユダヤ女だな、とグレゴールは思った、たしかにあれはユダヤ女だ。こんなレーリクの町で何をする気なのか？（…）グレゴールはすぐにその顔を見分けた。それは彼がベルリンやモスクワの青年同盟でしばしば見たことのある、あの若いユダヤの顔の一つだった。ここにいるそれは、そうした顔の特別に美しい例（!!　著者）であった」[40]。その数頁先でもユーディトがまた描写される。「若い、黒い髪を持つ少女（…）美しい、きゃしゃな、エキゾチックな、人種特有の顔（!!　著者）をもつよそものの少女。あかるい、エレガントに裁ったトレンチコートに垂れかかっては風になびく房毛をもつ少女」[41]。ユダヤ女のつねとして、ユーディトは独特の色香を放っている。したがって、アンデルシュ特有の明暗法のなかで、グレゴールの感覚が揺れはじめるのも無理はない。

「彼は彼女のすぐ身近に歩み寄り、左手を肩に乗せた。彼女の顔は一つのまとまりとは見えなくなったが、あいかわらずその眼を見定めることはできなかった。そのかわりに彼は彼女の肌の匂いを感じた。彼女の鼻が（!!　著者）、そして頬が彼の顔にふれてなめらかに滑った。そして結局は彼女の口だけがそこにあった。彼女の口が、今なお暗く翳り、しかしうつくしい曲線をえがいた口が、ためらうように近づき、解けるように開き、彼の顔にかぶさってきた」[42]。グレゴールがこれで状況の重大さをすっかり忘れてしまわず間一髪で自制することができるように、アンデルシュはこの瞬間に教会の扉の開くギイーッという音を立てさせている。「懐中電灯の光が落ちたとき、彼はすでにユーディトから二歩ばかりしりぞいていた」[43]。阻まれたラブ・ストーリーと並んで、物語『ザンジバル』の中心に位置するのは、グレゴールの政治からの離反である。若い主人公にとってこれぞ真実という瞬間は、数年前、彼が赤軍の演習に客員として参加したときにおとずれた。「そのとき彼は曠野《ステップ》の丘のほとりの川に沿う町を眼の下に見たのだ。金色に融けてゆく海の岸べにたむろする、ごたごたと灰色の小舎が集まった町であった。（…）すると（…）同志ホルチョフ少尉が彼にむかって呼びかけた。あれがタラソフカだ、グレゴール！　おれたちはタラソフカを占領したぞ！　グレゴールは笑い返したが、自分が演習客員として参加しているこの戦車旅団がタラソフカを占領したことはどうでもよかった。彼は金色にとけたエナメルのような黒海と、岸べの集落の灰色の線の交錯に突然魅惑されたのだ。それは、五十台の戦車群、轟音をあげつつ進む曠野《ステップ》の埃の五十の塊、金色の海という楯をかかげて防ぐタラソフカの町に突きつけられた、鋼鉄のような埃の五十本の矢からなる、鈍くとどろく扇形の脅威のもとに、身を縮めるようにみえるきたない銀色の鳥に似ていた」[44]。言葉をふんだんに駆使したこの情景の眼目は、これまで盲いていた人間の眼前に世界の美しさが開けてくることだ、としてよいだろう。とすればまたこれほどの圧倒的経験は、テクストの全体において主人公の従前の人生（つまりここでは政治への関与）を否定するようなより高次の真実の顕現を表している、と考えざるを得ない。こうした顕現が文学作品において有効に機能してきたことを否定するのは愚かというものだろう。

とはいえ、言葉が本当に大地から浮揚している場合と、右に掲げたよく引用される箇所のように、凝った形容詞、微妙な色調、うわべの燦びやかさ、安っぽい装飾でごてごてと悪趣味な荷を載せている場合とは話が別である。倫理的に疑念の余地のある作家が審美的な領域を価値中立であると申し立てるときには、読者としてはちょっと待てよということになるのだ。燃えるパリは、エルンスト・ユンガーにとってはすばらしい光景だった！　そしてアンデルシュにとっては、マイン側から見た燃えるフランクフルトは「ぞっとするほど美しい絵図」だった[45]。『自由のさくらんぼ』には、物語の筋書きには関係はないが、なにげないふうに新しい美学のかたちが起草されている箇所がある。その美学は、アンデルシュが軽蔑する「もったいぶった象徴主義的な美文家や絵描き」(46)の美学とは正反対のものであるという。代弁者はディック・バーネットなる男。アンデルシュの書くところ、バーネットはカリフォルニア州バーバンクのロッキード航空機会社のオフィスで机に向かい——想像してみてほしい——「F94ジェット戦闘機の機体の輪郭図」を「描いている」。「なにより綿密な計算にしたがって、つまり理性の助けによって描くのだが、しかしこれほど純粋な形を創造することができるのは、ひとえに情熱の力によっている。この形のなかに、ディック・バーネットの胸中で生じた勇気と不安との密かな闘争がいまなお余韻を残している。この形を見れば、創造のさいバーネットがいかに際どいところにいたかが感じ取れるのだ。わずかでも動けば、まっさかさまに墜落していた。バーネットの精神がただ一度でも旋回を誤れば、F94戦闘機はいまのような完璧な芸術作品にはならなかっただろう。それにバーネットはまったく意識していなかったが、ここにはカリフォルニア州バーバンクの雰囲気も一役買っていた。朝、ロッキードに出社するさいにガソリンスタンドで眼にするガソリンタンクの独特の赤色、ゆうべ映画から戻って車から降りたとき、街灯が照らしだした妻の喉元のライン(47)」。かくなるものが、アンデルシュ構想するところの新即物主義であるわけだ。技術的達成の美学化、政治(ないしは政治的敗北)の美学化、そしてつまるところ、暴力と戦争の美学化に原理をおく芸術の構想である。右にあげた純粋な形の創造についての手の込んだ文章の手本になったのは、おそらくエルンスト・ユンガーの〈武装した男性性〉の概念であろう。対するに女性性を文学表現にもたらすことがユンガー信奉者にとって相当に困難だったことは、バーネットの創造力が街灯に照らされた妻の喉元のラインのたたずまいの賜物であるといった、ロマンチックにして胡散臭い推量から読み取れる。

アンデルシュはこの点で、師ユンガーにならって、もう少し抑制をきかせることを学ぶべきだった。いずれの作品でも女性の肉体を描くとなると、アンデルシュは読者に内心をさらけ出しすぎている。ペーター・アルテンベルクの言い回しを借りるなら、たわごとが最高潮に達したのが、五〇年代末に書かれた『赤毛の女』においてであった。例によって、この作品でもふたつの明瞭な表現パターンがみられる。感情を強調したくだりにおいて、女性の顔はきまってシャンプーかコカコーラのCMにでも出てきそうな描写を受ける。風に揺れる髪、が見誤りようのないトレードマークだ。香水商ムソン・ラヴェンデル社で広告マンをしていたことのあるアンデルシュには、そのたぐいはお手の物だった。したがってたとえば次のようなぐあいである。「彼女がくぼみから足を踏みだすと同時に、風がさっと髪の毛を襲って、一度で軽々と後ろの方へ吹き払った、そのため髪は深紅色のゆるいウェーヴをかたちづくった、そのウェーヴの形は彼女の頭のてっぺんから少したれさがって、それからふたたび上に向かい、一面に光り輝く赤い蜘蛛の巣のようになって終わっていた、それは深紅の海の泡のようだった、深紅といっても、黒い不透明な赤ではなく、ただ石炭のような黒の混じったポンペイ風の赤い髪で、少しくぼんで縁の透きとおった蜘蛛の巣の部分だけ輝いているこの赤いこのウェーヴが、こらえ切れずにかすかに簡潔な動きを示し、最後に扇のように拡がるのだった、空がヴェネチアの上に呼び出すことのできたこの上なく純粋な紺碧を背景にして、ポンペイの海の色をした小さなウェーヴが魔法にかけられて一つのしるし、一つの合図を送っているように見えるこの動き――それはファビオの視神経に詩の一句のように滲み通ったのであった[48]」。アンデルシュは、ヴェネツィアを舞台にしたこの小説の巻頭に、作曲家モンテヴェルディのことばを置いている。〈現代の作曲家は真実にもとづいて作品を書く〉、と。しかし、先の引用文における真実と作品の関係について調べてみた者は、真実のかわりに虚偽が、文学作品のかわりにポンペイ云々の気取ったくだらぬ駄弁がある、という結論を必ずや出すだろう。これに劣らぬキッチュであり、またきわめて不愉快な卑猥さを示しているのが、肉体的な接近を描くさいのアンデルシュのステレオタイプな描写である。たとえば次のようなパターン。「彼女は彼を抱擁し接吻した。彼女が彼の首に手を回したままでいたとき、彼は彼女の肢体からやわらかいぬくもりがほとばしり出るのを感じた、また肩や腕や乳の輪郭をはっきりと示している熱くて薄い皮膜をも感じたが、それは香水の淡い香りやねまきと化粧着の白と黒の絹が描き出すことができるよりもはるかにはっきりと、彼女のからだの輪郭を描き出していた。彼女は妹と同じように小さくてすらりとしていたが、チェーリアがただすらりとしているのに比べて、ジュリエッタはほとんどやせっぽちと言ってよかった。やせていて電気のように敏感だった[49]」。ここに用いられている語句——ほとばしり出る体のぬくもり、かぐわしい香水、肩の輪郭、輝く皮膜《フィルム》（これがいったい何のことかさっぱりわからないのだが）、そして言語に絶する語である乳《ブーゼン》——これらのすべてに共通するのが、のぞき趣味者の混乱した願望である。そののぞき魔は、全知の著者——「彼女は彼を抱きしめる……、彼は感じる……」——として、著者自身の欲求充足のためにセットされたシーンに姿を隠して紛れ込んでいるのだ。こうしたいたたまれない難点を抱えた長編小説『赤毛の女』が、かてて加えてドイツの悪名高い過去を題材にし、いわば背景の引き立て役としてアウシュヴィッツを引用したことで、この絶望的な失敗作の猥褻さは完璧になっている。人々はこれまでに何度か『赤毛の女』を救おうとして、当作に批判的なドイツの批評家たちは英語圏風俗小説のサスペンス風演出がわかっていない、またアンデルシュが手法を倣っているイタリア・ネオリアリスモの生き生きした雰囲気がわかっていない、などと論じてきた[50]。しかしこれについてはまず第一に、アルフレート・アンデルシュのヴェネツィアを舞台としたまがい物《キッチュ》と、『フィンツィ・コンティーニ家の庭』（イタリア人作家ジョルジョ・バッサーニの一九六二年刊の小説）とは天地の隔たりがある、と言っておこう。そしてもうひとつ、その最上のものは高い文学的要請に十分応えている風俗小説を、高い文学的要請を掲げて登場しながら三文小説に堕してしまった小説のアリバイに用いてはならない、とも言っておきたい。

『エフライム』（一九六七年）は、アンデルシュが今度こそドイツにおける第一級の小説家の位置を確立しようともくろんだ、当初から野心的な試みだった。執筆には数年がかかったが、これはおそらく、前作で批評のやり玉に挙がった弱点を二度と繰り返すまいと念を入れたからだろう。たしかに一読すれば、作品がより真摯に、より手堅くなっている印象を受ける。しかし、つぶさに見るとやはりもたない。『エフライム』では、ドイツ系ユダヤ人であるイギリスのジャーナリスト、エフライムがほぼ四半世紀後に父の都市ベルリンに戻り、そこで上官であり同僚だったキーア・ホーンの娘エスターの消息をたずねる、という話である。行方不明の娘（しかも父が娘を裏切ったことが、エフライムにより明かされる）の物語は全体の構造のうち片隅に押しやられており、逆説的に思えるかもしれないが、彼女によってアンデルシュ自身の道義的蹉跌のトラウマに触れることがたくみに避けられるようになっている。というのも、物語中の人物キーア・ホーンと著者アンデルシュのあいだには、重なるべき繋がりがまったくないのだ。「当時のベルリンでいちばんの綺麗どころをものにして、たしか一九二五年にエスターの父となったはずのキーア・ホーン(51)」には自分の分身をまったく見ず、アンデルシュはユダヤ人ジョージ・エフライムを自身の代理人に選ぶ。より正確に言うなら、アンデルシュはエフライムのなかに入り込み、エフライムのなかで好き放題に自分を開陳する。そして読者はしだいに、そこにジョージ・エフライムなどはまったく存在しておらず、いるのは犠牲者になりかわって策動する著者だけであることに気づくのだ。この主張を検証するには、ジョージ・エフライムの手記からのみ構成された小説の言語をみればよい。ジョージ・エフライムは、母語であるドイツ語で手記を書いている。彼はその母語をはるか彼方から、暗い過去から掬い上げてこなければならない。言語のこの再発見は小説でも何度か強調されるのだが、ところがテクストのレベルにおいて、それが困難な、痛みを伴った発掘の試みである（事実ならおそらくそうに違いなかろう）ことを示すような箇所はどこにも見当たらない。それどころか驚くべきことに、ジョージ・エフライムは鼻白むほど楽々と、しかもなんの憚りもなく時代のスラングを使いこなすのだ。女に去られるとなっても「泡を食って取りのぼせたり」しない男だの、「隣を歩いている女にけんつくを食わせられないかしらと(52)」心配する男だの。あるいはホーンに出会ったイタリア戦の歳月を思い返して、ホーンは「兵站のふぬけ《エタッペンヘングスト》（「後方に勤務する卑怯者」の意）のくせに、軍人ぶって偉ぶっている奴」と軍隊用語をおりまぜる。また後の戦争で、「ハノイの西で時間をブッつぶした」夜のことを思い出し、またローマでは、引っ込み思案に見えたアメリカ人観光客の娘も、「ホテル・エクセルシオールのめかした伊達男にころりといっちまいそうだ」と考える。こうした具合で、例は枚挙にいとまがない。主人公にしろ、著者にしろ、言語に対する懐疑の念はテクストレベルでは一抹もないのだ。ただ、さすがにアンデルシュも、言葉つきがジョージ・エフライムにふさわしくないことに気づいたのだろう。途中――予防線を張ったというべきか――かつての同国人が使う新しい言い回しにすぐかぶれてしまった、とエフライムに言わせている(53)。だがこうした屁理屈は、こぼれたビールに上等の小麦粉を撒く愚をおかすカトリンヒェンの話（グリム童話）を思い出させるだけだ。以上のような前提にあっては、小説の鍵となるシーンにもまったく説得力はない。エフライムはアンナとともにあるパーティに行き、そこで見ず知らずの男が、〈ガス室に入れられるまで〉（「思う存分に」を意味する慣用句で戦後もよく使われていた）俺は楽しむぞ、と笑いながら言うのを耳にする。「わたしはそいつのところに行った」とエフライム／アンデルシュは書く。「そして〈いまなんて言った？〉と訊ねた。だが答えを待たず、アッパーカットで（!!　著者）そいつの顎をぶちのめした。スポーツマンには見えなかったが、わたしより頭ひとつ大きかった。だがわたしは軍隊でボクシングを少々やったのだ(54)」。この場面がとくに神経を逆撫でするのは、アンデルシュが批評をあらかじめ封じようと採っている語りの有無をいわさぬ粗暴さばかりではない。この粗暴さが、語り手エフライム、ひいてはその創造者からすっかり信憑性を奪ってしまうことなのだ。意図したところは正当な道義的憤激の表現だったのだろうが、エフライムの暴力行為は、実のところ、アンデルシュがわれしらずユダヤ人主人公にドイツ人兵士を投影していることの証左である。そういう輩にはこうやるのが一番なのだ、とドイツ人兵士がユダヤ人にお手本を示してやっているのだ。シーンは言外の意味において、役割が逆転しているのである。もうひとこと付け足しておこう。アンデルシュは執筆に当たって、ユダヤ事情についてかなりの注意を払った。ラインハルトが律儀に報告しているように、「ユダヤ人が出てくる部分については（…）ユダヤ事情の大家、バーゼルのエルンスト・ルートヴィヒ・エーリヒ博士に有料で監修してもらった」[55]。しかしこうした努力にもかかわらず、ユダヤ人読者――批評家ライヒ＝ラニツキばかりか、ロンドン在住の年来の知己エドムント・ヴォルフまで――がエフライムにユダヤ人らしさをいっこうに見つけることができなかったとの話は、私には驚くにあたらないし、またエドムント・ヴォルフがそのことを書き送ったとき、アンデルシュがひどく気を悪くしたとラインハルトが報告していることも、さもありなんと思うのである。

最後に『ヴィンターシュペルト』（一九七四年）だ（「ヴィンターシュペルト」は地名）。雪のアイフェル山地、がらんとした風景下の二、三の人物、足止めを食った軍隊、羽ばたく鴉、不気味な静寂――アルデンヌ攻勢目前の光景である。考え抜いて書かれた作品だ。他の作品と較べはるかに配慮と注意がとどいている。展開を急がず、視点をさまざまに移動させ、またドキュメンタリー風の枠組みによって全体としていわば客観的な基調を生んでいる。アンデルシュの最高傑作であることは間違いなかろう。だが、これは弁解としての作品である。語られているのはある抵抗行動の計画だ。ヨーゼフ・ディンクラーゲ少佐（「一九三八年以降各種軍事学校で修練。戦争勃発とともに士官候補生に。一九四〇年春少尉［上部ライン戦線］。一九四一年から四二年にかけ中尉および大尉［アフリカ］。一九四三年、騎士十字勲章受賞、少佐昇進［シチリア］。四三年秋より四四年秋までパリおよびデンマーク駐留」[56]）は、しばらく前から自分の大隊をまるごとアメリカ軍に投降させてしまおうと心中密かに期している。計画を打ち明けられたのは、ケーテ・レンクという気性の真っ直ぐな女性教師だ。彼女は「戦争を憎んでいるが」[57]、騎士十字勲章を受賞したゆえにディンクラーゲのことは尊敬している。ふたりの虚構の人物は、アルフレート・アンデルシュとその二人目の妻ギーゼラ・アンデルシュの位置にあると考えてよいだろう。事実ふたりが親しくなったのは、アイフェル山地であった。とはいえ実際の状況はいささか異なる。当時ふたりが抵抗運動の可能性について話し合ったとは、いかんとも想像しがたいからだ。戦争がどのように成り行くかは、その時点ではまだ予測不可能だった。ケーテとディンクラーゲは、事後の回顧による願望像である。このふたりのようでありたかった、当時は無理だとしても、せめて振り返ってみたときは。おのれの過去を正す手段としての文学。生まれ持った気性の真っ直ぐさが、ケーテを清廉潔白な理想の人格にしている。その魂は悪しき政権にけっして染まらない。ディンクラーゲもまたいかなる疑念からもほど遠い。おなじく騎士十字勲章を受賞したユンガーのように、ディンクラーゲは品位と沈着を保って軍隊の冬を越える。そしてとうとう、先行きなしの状況にけりをつけようとする。「勇気の問題だということは、指揮官の問題だということだ[58]」。それゆえに、ディンクラーゲのような男が、いまこそ集団投降を組織しなければならない。一兵卒みたく自分ひとりが脱走するわけにはいかないのだ。ディンクラーゲの計画が結局挫折するのは、彼の責任ではない。使者に立ったシェーフォルトが、獣と化した兵士ライデルによって無人地帯で射殺されてしまうのだ。ちなみに、このライデルは物語中もっとも説得力のある人物像に仕上がっている。ライデルの言語ならアンデルシュは知り尽くしているのだ。それに比して、ディンクラーゲはどうしても作り物の感を与える。難しい性格であり――拳銃を掲げて秘密国家警察《ゲシュタポ》に向かっていき、長靴を履いて死んでいった『ザンジバル』の英雄的な牧師ヘランダーにいくらか似ている――、肉体の苦痛（変形性股関節症と戦傷）にくわえて高度な逡巡に苦しむ、実存的な極限状況で綱渡りをしなければならない人間だ。しかしディンクラーゲに体現されたこのようなドイツの実存主義は、フランスのそれとは違い、組織的な抵抗を下敷きにした正当性に欠けている。よって結局のところ、それは虚ろな、まやかしの身振りに終わるのだ——作り物であり、私的であり、好意のレベルに。道義的不全を芸術における象徴的抵抗によって埋め合わせようとする内的亡命の試みは、『ヴィンターシュペルト』だけではなく、すでに『ザンジバル』でもおこなわれ、ナチに禁止された芸術作品を国外に脱出させようという寓話に書き換えられていた。事後的回顧にもとづく虚構作品を以てして、それらが抵抗の美学をなすと言えるかといえば、私は懐疑的である。

ひとつつけ加えて擱筆《かくひつ》したい。アンデルシュが晩年左翼に回帰したことはたびたび論じられてきた。きっかけは、一九七六年発表の詩「第三条第三項」によってアンデルシュがドイツに巻き起こした議論である。過激派の公職追放の問題を扱ったこの詩において、アンデルシュは強制収容所がふたたび作られている、と断じた。たしかにこの問題については、事実をいくらか誇張して書くことは必要だっただろう。だが、すでに文学史にも載るようになったこの名だたる一件には、どことなく釈然とせぬ感じがのこるのだ。アンデルシュの極度にラディカルな姿勢が、あまりにも唐突な気がするのである。アンデルシュは、自分が亡命してスイスのテッシンに移住したのは、ドイツの状況にどうしても耐えられなかったからだと好んで表明してきた。しかしそれをまともに受け取った者はほとんどいなかっただろう。私がアンデルシュと、ドイツおよびその政治状況に対する彼の態度をよく表していると思うのは、一九五九年のクリスマスに彼がハンブルク在住の友人ヴォルフガング・ヴァイラウフに宛てて書いた次の一節である。「陰険な笑みを浮かべて僕は眺めている（…）、きみらがきみらのネオナチの脂で蒸し煮になり、またぞろ抵抗運動をやるはめになった様子をね。後方基地にいるのは、まったくもって最高だよ…」[59]。アンデルシュという人は、その根底においてつねに〈後方基地にいる〉人であった。とくに必要に駆られてもいないのに、七〇年代初頭にスイス人になったのも、それゆえにごく自然なことだった。またラインハルトの報告によると、アンデルシュはスイス国籍を取得する際、テッシン市で隣家に住んでいた作家マックス・フリッシュに利便を計らってもらえるものと期待していた。しかしフリッシュが「アンデルシュはスイスを評価しているが、しかしスイスはもともと彼の関心事ではなかった」と書いたと聞き知り[60]、いたく気を悪くして誹謗されたと感じ、そのことからフリッシュとは何年も険悪な仲になったという——功名心と身勝手、怨嗟と奸策に苦しめられた内面生活が、またひとつ窺えたというわけだろう。文学作品は、その内面生活を覆う外套だった。しかし、その薄い裏地からは、あちこちが透けて見えるのである。

夜鳥の眼で

ジャン・アメリーについて

ボーボー、パチパチ、シューシュー。どんな音だっけ？
気をつけろ、でないとおまえが火だるま《リヒターロー》になるぞ。皎々《リヒター》と、炎上《ロー》だ。
さあ、おれの不幸よ燃えろ、炎に巻かれて失せてしまえ。
ジャン・アメリー
『ルフー、あるいは取り壊し』

一九六〇年代半ば、長い沈黙のあとに、亡命、抵抗、拷問、大量殺人といった話題についてのエッセイとともに、ジャン・アメリー（一九一二〜一九七八）がドイツ語圏の文壇に登場したとき、すでに新生ドイツ共和国――アメリーにとってけっして気味の良い国ではなかった――の文学者たちはこれらのテーマ群に取り組んでおり、一九六〇年頃までの戦後期文学が残した巨額の道義的負債をなんとかして埋め合わせようと汲々としていた。進行中の議論に加わろうと決意したときに、アメリーが越えなければならなかった敷居がどのようなものだったかは、容易には想像しがたい。自身の嘗めた経験がこのとき公共の議論でもはやタブーではなくなっていたことが、立場を鮮明にするのに役立ったことはたしかだろう。五〇年代の驚くべき無関心に較べれば、六〇年代の議論はなるほど進歩といえた。しかし他方、その議論において真正の声があまりにも少なかったことは、彼の仕事を厄介なものにした。おまけに、文学が〈アウシュヴィッツ〉をいまや自分のテリトリーとしていそいそと取り組んでいるさまは、未曾有のテーマに手をつけることを拒んだ前の時代にもまして虫が好かなかった。文学も一役買っていた集合的記憶喪失が公然と非難され、こんどは道義が売り物にされる。その驚くべき手際よさは、ジャン・アメリーのような本物の体験者をややもすればふたたび不当に扱うこととなった。大審問官ホーホフート（ドイツ人作家〔一九三一〜〕。ホロコーストに対するローマ教皇の態度を批判した『神の代理人』〔一九六三年〕で議論を巻き起こした）の供勢《ともぜい》がそれぞれに告発のお布施を市場にあげる一方、アメリーはまたしても人々と異質になったのである。彼らのほうは、過去の歴史になりつつあるおぞましい一章に目を向けたからといって、自身の生活の質にいっかな変化がおこるわけではなかった。じっさい、対象にふさわしい真摯な言語を見出した者、大量虐殺を扱った文学を、しかたなしに不快をしのぶ義務遂行の文学以上のものにした者は、ペーター・ヴァイスをはじめとして数えるほどしかいない。〈ユダヤ人問題の最終解決〉について六〇年代に書かれた文学は、十把一からげ的な劇的および抒情的な身ぶりをとっており、そのために恐ろしい出来事のつぶさな理解が阻まれることがしばしばだった。とはいえ、右のように断じて片づけてしまうのも早急である。たしかに倫理的にも審美的にも不十分な点は多々あったが、それらの作品群は、書くという営為をつうじて真実をさぐる試みの最初のステップであった。今日なおその営為は続けられ、時とともにいっそう重みをまして、細かい差異をはらんだ見解へと引き継がれているのである。

こうした流れにおいて、アメリーの書いたものが初っぱなから特異な位置を占めたのには理由があった。アメリーは、史料分析や裁判の検討をするうちにはじめて大量虐殺の実態に気づいたわけではない。彼は自身と自身のような人間に対して加えられた破壊に、戦後二十五年以上にもわたって、文字どおり頭を占拠されていた人間だったのである。ナチズムの犠牲者についての抽象的な語りは、多大なる責任、といったことをあまりにも安易に言い立てていたが、一方アメリーによる自分自身の過去と現在についてのエッセイは、そうした抽象的な語りではなく、もはや二度と回復することのない犠牲者の心身の状態について、直接の体験にもとづいてこの上なく重い内容の洞察をするものだった。恐怖《テロル》の真の性質をいくらかなれ推し量ることができるのは、犠牲者の心身の状態を洞察してこそなのである。身に起こったことは何によっても埋め合わせられないというのが、犠牲者の心理的状態であり、社会的状態だ。犠牲者の心身において歴史は続いている。わけてもその歴史の原理をなした粗暴な暴力の原則が働きつづけている。いったん犠牲者になった者は、いつまでも犠牲者にとどまりつづける。「私は今なお宙づりになっている」とアメリーは書いている。「二十二年後の今なお肩の関節がはずれたまま、床の上にぶらさがっている」(1)。いかなる裁判もいかなる補償も救えないこの状況と情緒面で対応するのは、アメリーにはおなじみだろう、押し黙ることであった。ファシスト体制終焉後に出てきた、せいぜい間接的に感動したにすぎない後裔たちが犠牲者の問題を横領しつつあった状況を目の当たりにして、アメリーはテロルが強いた沈黙を破ろうとし、これによって、その仕事は彼が対峙した文学産業から一頭地を抜くものになった。とはいえ、アメリーが議論に持ち込んだのは、和解のたぐいとはほど遠いものであった。同化が進んでいたマイノリティを迫害し根絶やしにしようとしたドイツで立案実行された行為は、「首尾一貫した内的論理性と呪うべき合理性の点で、およそ比較を絶したもの」(2)であったと指摘したうえで、究極のところ重要なのは、テロルの原因をもっともらしく解明することであるよりは、締め出され、迫害され、殺される犠牲者にされるというのがいかなることかを理解することだと、しぶとく指摘したのである。

ジャン・アメリーが一九六四年からその死までの十四年間に綴ったエッセイ作品を概観すると、それがほとんど例外なしに自伝的アプローチであり、またそのわりには叙述的内容に乏しいことに気づかされる。作品が省察にかたむく傾向は、アメリーの採ったエッセイという形式のしからしむるところにはちがいない。しかし反面、自身の人生の径路とその行き着くところを表現したいという抑えがたい欲求も、そこにはたしかに顔を出している。かつてあったこと、今後待ち受けていそうなことを直視することへの躊躇と不安から、その欲求がわずか、ないしごく控えめにしか表れていないにしてもだ。みずからの出自や幼年期や青年期、非マイスター的な遍歴時代（アメリーの作品のひとつに、自伝的な思索の書『非マイスター的な遍歴時代』［邦訳名『遍歴時代　精神の自伝』］がある）についてのアメリーの記述は少ない。同様に、アメリーが係わったレジスタンス運動についても、あるいはアウシュヴィッツでの生存についても、具体的な描写はほとんどなされていない。あたかもアメリーにとっては、記憶のいかなる断片も痛いところを突くもののようであって、あらゆる記憶は即刻つまみあげて省察へと移し変えずにはいられないかのようだ。省察になってようやく、いくらか計量が可能となる。想起すること——恐怖の瞬間のみならず、まがりなりにも平穏だったそれ以前の時代をも想起すること——が耐えがたいという問題は、迫害の犠牲者の精神状態に重くのしかかっている。心理学者ウィリアム・ニーダーラントの指摘するところでは、犠牲者は凄まじいエネルギーでわが身が嘗めたことを記憶から締め出そうとするが、たいていの場合それに成功しない[3]。テロルの行使者の場合とは対照的に、犠牲者の場合には抑圧のメカニズムは十全ってそれで本当に忘却し去れるのかといえば、そうではないのだ。むしろとりとめのない忘却と、記憶から追い出せずにくり返し湧き上がってくる数々の心象とが混ざり合うようになる。それらの心象は、空っぽになってしまった過去のなかで、病的なものと紙一重のそこだけは異様に鮮明な記憶となって生きつづける。ぼんやりした死の不安、と同時にいつまでたっても迫りつづける死の不安にひたされた記憶を持つことの苦悩は、アメリーのエッセイにも生々しい。時がただ過ぎ去った場合と異なり、イシュルとグムンデンで過ごした幼年時代はいかに非現実的に思われ、いかに遠く、いかに思い出すのが辛かったことだろう。ひるがえって一九四三年七月の日々、ブレーンドンクの砦でアメリーが秘密国家警察《ゲシュタポ》に拷問された日々は、いかに間近であって、不滅のままくり返し脳裡にあらわれたことだろう。心裡における経験の集合と並び方は、ふつうその経験に結びついていた情緒の状態によって決まるが、通時的な枠が崩れることはない。しかし迫害の犠牲者にあっては、時間の赤い糸は千切れている。背景と前景がごっちゃに溶け合い、存在の論理的支えが機能しなくなってしまっている。テロルの経験は、人間のもっとも抽象的な故郷である時間の位置も狂わせるのだ。鮮明な、苦痛に満ちた記憶と心象をともなって幾度でも繰り返されるトラウマ的な光景が、不動の定点となる。戦後、文筆によって糊口をしのいでいたとはいえ、みずからについてはひと言も漏らさなかった沈黙の歳月に、アメリーがこの苦悩の発動に揺さぶられていたことは間違いない。『罪と罰の彼岸』（一九六六年）の初版はしがきに、彼は端的にこう記している。「ドイツにとっても自分にとっても運命的な歳月だった一九三三年以降の十二年間を忘れていたわけではない。記憶を

〈抑圧〉していたわけでもなかった。戦後二十年間、やっきになって〈失わざれし時を求めて〉いた。しかしそれについて語ることは難しかった」(4)。本人にとって苦痛の種にほかならない〈失わざれし時〉を求めるという逆説は、つきつめれば、言語形式を探し求めることを意味していた。分節化の能力を麻痺させてしまった経験を、表現にもたらすことのできる言語形式である。アメリーが見出したのは、エッセイという開かれた方法であった。エッセイによってなら、死の瀬戸際までいった自己の傷ついた感情に耐えられると同時に、極限下ですら自由な思考をめぐらそうとする知性――たとえその知性がてんで役立たずであるにしても――の主権も保持できる。そのように試みてからの努力によって、アメリーはきわめて短期間――その短さについては自身が誰よりも承知していた――のうちに、自身のみならずわれわれにも近づけるところまで記憶を再構成することに成功したのである。

その〈回想録〉が、従来の意味での物語になるはずはむろんなかった。それゆえに筆者と読者の共謀関係をうながすような文学的スタイルは徹底して避けられた。ニーダーラントの見解によると、迫害の犠牲者が記したあらゆる手記に当てはまる手法である。また身に受けた拷問についてのアメリーの報告は、苦しみの熾烈な感情を言い立てるよりは、科された処置の途方もないばかばかしさに重点を置くトーンをとった。〈控えめに語る〉《アンダーステイトメント》という逆説的な戦略を用いた。

その部屋には円天井から、上に滑車のついた鎖がぶら下がっていた。鎖の下の端には頑丈な弓型の鉤がついていた。私はうしろ手に縛られたまま鎖の前につれていかれた。鉤がうしろ手の縛り目に掛けられ、鎖で床から一メートル高さに宙づりにされた。そのような宙づりにあっては全身の筋肉を緊張させて前傾の姿勢を保ったとしても、ほんのわずかのことだ。そのわずかな間に全力をつかいはたして額や口もとに汗がふき出し、息が切れているというのに、仲間は？　隠れ家は？　連絡の時間は？　などの尋問に答えるなど、どだい無理な話である。ほとんど聞きとれもしないのだった。ねじり上げられた肉体の部分、つまり肩の関節が燃え立つようで、ほかの反応はできない。すでに力は尽きている。とびきり頑健な肉体の持ち主でもそう長くは我慢できまい。私の場合、かなり早々とそうだった。両肩が割れ、はじけたかのようだった。あの感覚は今なお忘れない。関節臼から骨頭がはじきとび、自分の重みで両肩が脱臼して私は虚空に落ちた。肩からもがれたうしろ手でぶら下がり、その手が頭上でねじくれていた。拷問《トルトウーア》はラテン語の「脱臼させる《トルクエレ》」に由来する。なんという言語的明察だろう！[5]

奇妙な即物性をもって綴られてきた文は、締めくくりに来て、挑発するがごとく滑稽のきわまでずらした表現で終わっている。アメリーをして極限の経験を再現することに成功させた平然《アンパシビリテ》の構えが、そこで急転直下をみるわけだ。声が途切れそうになったところで、アメリーは皮肉《イロニー》を用いる。言語による伝達能力のぎりぎりのきわで書いていることが自覚されている。「受けた肉体の苦痛を伝えたい（分かち合いたい）《ミット＝タイレン》人」は、とアメリーは書く、「苦しめる側にたって、みずからが拷問者になるしかない[6]」。となれば、アメリーに残されたのは、拷問において完了する「人間の肉体化」や、「肉体的なものがもっともきわまった状態[7]」である苦痛について、抽象的な省察をめぐらせることしかなかった。苛烈な拷問とそこに生じる苦痛の感覚を、アメリーは死への接近として描写した。「死へと導かれる論理的な径」はないのにである。それが爾来死を引きずりつづけていく人間としての、出発点の認識となった。拷問は「帳消しにできないという性質を持つ」、とアメリーは書く。「拷問された者はさ、れ、た者にとどまる[8]」。簡潔きわまりない明察だ。みずからの事例にいささかの激情をもまじえず、アメリーは私たちにそれを突きつける。

蒙った苦痛を描写するにあたりかくまで慎重な抑制した筆致をとることによって、アメリーは、ヒトラーのファシズムの依然として暗い謎にひとつの仮説を投げることに成功した。それは国民的倒錯という、一般に流布する説明とは異質のものだった。誰でもよかった敵に対しておこなわれた迫害や拷問や殺害は、全体主義政権にたまたま起こった嘆かわしい行為なのではなく、いっさいの留保抜きの、本質に根ざした現れであった、としたのである。「私は殺人による根かぎりの自己実現へと集中した顔を覚えている。彼らは全身で拷問にうちこんでいた。つまりは権力に、精神と肉体に対する主権に、自己拡大の衝動にのめりこんでいた[9]」。アメリーにとって、ドイツのファシズムが想像し実現した世界は、拷問の世界だった。そこでは「人間は目の前の人間を痛めつけることによってのみ存続できる[10]」。思考の過程でアメリーが拠り所を求めたのは、ジョルジュ・バタイユである。バタイユから受け継いだラディカルな立場は、歴史とのいかなる妥協をも峻拒した。ドイツの過去に取り組んだ、あの手この手で総じて妥協に流れようとする文学において、アメリーの仕事が特異で重要な位置を占めるのはそのためである。バタイユやシオランのような掛け値なしの否定的思考の持ち主を、ドイツの戦後文学は輩出しなかった。ためにアメリーは、心理的にも社会的にも歪んだ社会の猥褻さを指弾し、なにごとも起こらなかったかのような顔をして平然と歴史が進行していく破廉恥に異を唱えたただひとりの作家となった。ニュルンベルク人種法が定める死の威嚇にさらされ、生還後もその威嚇を感じつづけていたゆえに、無頓着な歴史の改編を座視できなかった。たとえそれによって、非時代的人間として隅に押しやられるのがわかっていたとしても、である。「凡庸さと黙示論的なものの猥雑な混合物[11]」である歴史は、アメリーにとって脅威であり恐怖であり、彼はそこにこだわりつづけた。『罪と罰の彼岸』に収録され、アウシュヴィッツ＝モノヴィッツ強制収容所で強制労働者であった自分の存在について描いた一篇「精神の限界」は、歴史の客観的な愚行に対する人間のどうしようもない無力について明瞭に述べている。「歴史とはそんなものである。歴史の車輪に巻きこまれたわけだ。殺し屋がやってきたら帽子をとるまでのこと[12]」。その少し先にはこうある。「目の前にはSS国家の壮大な権力機構が傲然とそびえていた。それはなんとしても見ないわけにはいかない現実であった。だからして遂にはそれが理性にかなったものと思えてくる。外ではどんな思想の持ち主だったとしても、こちらではその意味でヘーゲリアンとなった。ヘーゲル哲学におけるにさながら、SS国家がどっしりとまばゆく、まさしく一つのイデアの実現としてそそりたっていたのである[13]」。こうして変節を余儀なくされたアメリーは、以後、自分のなりわいにももはや信を置かなくなる。「実際」、と彼は異端の作家トーマス・ベルンハルトばりの口調で記している。「インテリたちはこれまで陰に陽にたえず権力とかかわりをもってきた。たしかにつねづね、権力を疑いの目でみて、批判的な分析をほどこしてきた。だが——つまるところ、まさにその知的な過程のなかで権力に服してきたわけだ」、と。[14] おぞましい修業時代から得た結論は次のものであった。書くことはいかがわしい商売である、水車に水をかけてやるがごとく、相手の思うつぼにはまるだけだ――。とはいえ、客観視というものの大きな力を考えるならば、いかに無意味であれ、書かないよりは書きつづけるべきなのだった。

　アメリーの作家としての姿勢が与えるもっとも強い印象のひとつは、アメリーが他の少数の人々同様に抵抗のまぎれもない限界を熟知しながらも、しかし狂気の沙汰といえるまで抵抗を貫いたことである。それは効果のほどを信じていなくともおこなう抵抗であり、〈にもかかわらず《カン・メーム》〉の、犠牲者とのかたい連帯感からの抵抗であり、歴史の波に流されてよしとする輩すべてへの狙いすました侮蔑であった。抵抗《レジスタンス》はアメリーの哲学の本質である。その連なるところはフランスの実存主義であって、間違っても戦後ドイツ文化で喧伝された、弁解としての実存主義ではない。アメリーはドイツの実存主義を、ご都合主義の卑しむべきものとみなした。サルトルに導かれたアメリーの実存主義の立場は、歴史への譲歩を意味しなかった。むしろしぶとい反抗がいかに不可欠のものであるかを例証した。ドイツの戦後文学にはっきりと欠如している次元である。「私とこの世界――今なお撤回されていない死の判決を、私が社会的現実とみなしているこの世界――もしも両者に共通するものがあったなら議論もひらけように。君たち、聞きたくないのか？　しかし、聞きたまえ。君たち、知りたくないのか？　そうだとも、君たちの無関心が当の君たちを、そして私を、いつなんどき、どこへ押しやるかもしれないことを知ろうとはしないのか？」[15]

　論争を生み出す活力の出所は、いかにしても宥《なだ》めがたいルサンチマンだった。ルサンチマンは、一般に果たせなかった復讐への恨みの念とされているが、アメリーのエッセイの大部分は、この感情を、むしろ過去を真に批判するために不可欠な視点として正当化しようとする。つじつまのあわない定義であることを十分わきまえながら、アメリーはルサンチマンについて次のように書く。「それは崩れ去った過去の十字架に私たちを釘づけにしないではいないのだ。無法にも逆転不可能なものに逆転を命じ、あったことをなかったことにしたがる[16]」。その無法さの側にアメリーは立つ。その偏りを承知しつつ、それが証しているのは、自分の置かれた葛藤の「倫理的真実[17]」は和解に走ることではなく、たえず不正を指弾していくなかに見つかることだとする。「苦しみに埋め合わせがつく[18]」考えほどアメリーから遠いものはない。とはいえ、つぎのように考える余地は残されている。フラマン人のSS隊員ヴァイスは、アメリーの頭をシャベルの柄で殴りつけた。そのヴァイスは、みずからが処刑台の前に立ったとき、自分の残虐行為の倫理的真実というものを知ったことだろう。「とすればその瞬間、彼は私とともにいる。私はもはやシャベルの柄とだけに取り残されてはいない。ヴァイスは処刑の瞬間——私は信じたいのだが——私とおなじく時間をクルリと逆転させ、あったこと一切をなかったことにしたかっただろう。裁きの場についたとき、彼はふたたび反人間からともにある人間になった[19]」。この文章の明確さはたやすく否定できないが、とはいえアメリーは、「私は信じたいのだが」という接続法の限定をひと言加えることによって、そこに疑いをひそませている。自身のルサンチマンを組上にのせる右の例が示すのは、たとえば報復法《ユース・タリオニース》でも取り入れて、SS隊員ヴァイスの倫理的〈啓蒙〉をはかろうといったことではない。アメリーの綴った一文一文は、ひとしなみに、打ち負かされた者と打ち負かした者との間の葛藤——倫理的な面ではいまだ起こっていない葛藤――を活性化させようという試みなのだ。その活性化が「苦しんだ分だけやり返す復讐[20]」をこととするのでないのはたしかである。復讐の可能性におなじく、アメリーはまた償いの概念をはなから問題含みとした。神学的には意味深くあれ、ゆえにこそ彼にとって無意味だった。肝要なのは、葛藤をおさめることではなく、葛藤をひらくことなのである。アメリーが議論によって私たちに手渡すルサンチマンの棘は、ルサンチマンへの権利が認められることを求めている。それはまた、「時間によってはやくも汚名をそそいだ国民」の意識を鋭敏にさせようとする意図的な試みをも意味する。思考をたどるうちにアメリーは「倫理に目がくらんだのか、とてつもない夢想」に身をまかせる。ドイツ国民からその夢想が出てくるなら、それは「途方もない重みをもたずにはいられない。その重みだけですでに夢想が実現したにもひとしいほどだろう。ドイツ革命が取りもどされ、ヒトラーが取り消される[21]」。

国民が自発的に自己改造するという、少なくとも想像だけはできなくもない右のような仮説を立てることで、アメリーはほとんどユートピア的願望に入っていく。空想されるのは、犠牲者がふたたび生き返る国であり、アメリーの心をとらえて離さない失われた故郷が取り戻されることだ。彼がかくまでに身を入れるのは、オーストリアの田舎という出自が、この作家にとってどれほど特別な意味を持っていたかを考える者にしかわからないだろう。マイヤー家（アメリーの本名はハンス・マイヤー）が代々住まってきたオーストリアのフォアアルルベルクと、成長期を過ごしたザルツカンマーグートは、ベルリンやウィーンのような大都市とは、移民と亡命の背景が質的にまったく異なっていた。こうした点は今日ほとんど顧慮されないので、ニュルンベルク法が大都市におけるある意味で抽象的なユダヤ人のみならず、田舎町グムンデンの、父親がハプスブルク帝国のチロル猟兵として第一次大戦で戦死しているような一ユダヤ人青年にも適用されたということが、われわれにはなかなかピンとこない。自身が言うように、アメリーは単純なオーストリア中心の世界像を抜け出していない、せいぜい「平凡な郷土文学に親しんだ」ていどの青年だった[22]。ニュルンベルク法が布《し》かれたことによる尊厳剥奪の措置は、心構えがなかっただけに、いっそう打撃だったにちがいない。アメリーは、迫害がおさまっているのは歴史的には一時的な現象だとの認識を持って成長したわけではなかった。数々のユダヤ人の自伝に報告されているような、進んで同化した者すら嘗めなければならなかった底深い差異の感覚になじんでいなかった。故郷に根を下ろしていると本当に思っていた。『さまざまな場所』には自分についてこう書かれている。「ある暑い夏の夕方、青年は友人とつれだってウィーン近郊ラックスの森に遠出をする。世紀末作家のペーター・アルテンベルクによって不滅の姿を与えられたゼメリングの山並みが見える。その山並みをはるかに見やりながら、彼は感傷的に友人の肩に手をまわしてこう言った。〈だれだってぼくたちをここから引っ立てるなんて、できやしないさ〉」[23]。このくだりに表れた安定の幻想が、その度合いの分だけ幻滅となったのだった。それゆえにアメリーは、凄惨な時代にポーランド出身のユダヤ人に「どこから来ましたね?」とイディッシュ語で訊ねられたとき[24]、まともに答えを返せなかったのである。ヴィルヌスやアムステルダムなら納得されただろう。だが「私にとって無意味となった定住が一家の歴史であったように、追放とさすらいが家系の歴史であった[25]」そのユダヤ人にとって、ホーエメムスやグムンデンという答えが何を意味しただろうか。あたりまえすぎるほどあたりまえだった場所が、疎遠きわまりない異郷よりもありえない参照先となった。亡命以前のウィーンでしばしば目の当たりにした反ユダヤ主義の狂態が、狭い故郷の町にまで波及するとは想像もつかなかった、とアメリーは述懐している。ファシズムの狂奔による故郷の破壊は、ドイツ人作家ハインリヒ・ベルやインゲボルク・バッハマンも嘆いているが、アメリーにとってははるかに熾烈な影響を及ぼしただろう。「自分の意識を満たしていたものすべて、もはや私のものでない国の歴史、もはや思い出したくないさまざまな風景、そのすべてが一九三八年三月十二日の朝以来耐えがたいものとなっていた。その日、片田舎の農家の窓にも白地に黒い蜘蛛を描いたまっ赤な布がはためいていた。自分はもはや〈われわれ〉ということの許されない人間だった。だからただ習慣上から〈ぼく〉と言っていたが、それもはなはだこころもとない気持ちだった[26]」。故郷の破壊は、自己の破壊とひとつだった。引き離すこととは胸を引き裂く《デシリュール》ことである。第二の故郷などはない。「故里は幼年と青春の国であり、それを失った者は失ったままにとどまる――たとえ新しい国で、酔っぱらいのごとくこころもとない歩みをしなくなったとしても[27]」。故郷とはもはや関わる気がない――「おっぽり出された居酒屋に二度と入るやつはなし」と彼は故郷のことわざを方言で引用する――としながらも、アメリーが告白するホームシック《マル・ドゥ・ペイ》は、シオランの述べるごとく、安定にあこがれる症状のうちでももっとも執拗なもののひとつである。シオランは書く。「郷愁《ノスタルジー》とはすべて現在を越えることの謂いである。それは、後悔という形を取る時でさえ躍動的《ダイナミック》な性格を帯びている。つまりわれわれは過去の扉をこじあけ、過去に遡って行動し、取り返しのつかぬものを取り返そうと努めるのである[28]」。そのかぎりで、むろんアメリーの郷愁は歴史の改訂への願望と同一線上にある。ベルギーに亡命するために国境を越え、故郷なき存在《エトル・アイユール》としてのユダヤ人の重荷を身に帯びなければならなくなったとき、しだいによそよそしさを増していく故郷としだいに親しみを増していく異郷との間の緊張を耐えることがいかに困難であるかを、アメリーはまだ自覚していなかった。アメリーがザルツブルクで自殺したことは、とりわけこの点からして、故郷と亡命との、「郷里と異国のあいだ」[29]の、解決できない葛藤の解決だったと言えるだろう。

言語と取り組む者にとって、亡命の不幸は言語によってしか乗り越えられない。老いについて書かれた一九六八年のエッセイで、アメリーは「一九四五年以降は自分の言葉を作り上げることだけに心血をそそがねばならなかった」[30]と述べている。しかし収容所から解放された後、アメリーにはまさにそれができなかったのだった。「自由な日常語をふたたび使えるようになるまでには長くかかった。いまなお居心地の悪さがともなうし、その価値を信頼しきることができない」[31]。母国語が「ボロボロと崩れていく」または「萎縮していく」[32]体験について省察したアメリーは、みずからについて語ろうとするなら、言語、すなわち言葉にされていない思考の働く場である媒体を立て直すよりほかはないものと悟る。ペーター・ヴァイスの場合と似て、この窮境から出発したアメリーが同時代文学にほとんど比肩するものがない精緻な言語を操ることに成功し、それによって閉ざされていた場をみずからに開いたことはたしかである。ただ、アメリーの場合、言語能力を取り戻すだけでは不幸を払いのけることはできなかった。言語は、たしかに社会によってもたらされた実存の平衡障害を阻止する手段にはちがいなかった。アメリーはその社会に逆らって、「背筋をまっすぐに歩きつづけようと」した。だが、その言語すら、とどのつまりひとりの男の難況を受けとめる器としては不十分だった。朝起きて前腕に入れ墨されたアウシュヴィッツの囚人番号を眼にするたびに、日ごと世界への信頼を失っていく男にとってはである。「不幸の意識はあまりにも重い病いなので、死の苦悶の算術や〈癒しがたいもの〉の登録簿には姿を見せない[33]」。それゆえアメリーが紙に書きつけ、私たちの眼には慰めにみちた透徹した心境であるかのように思える言葉の数々は、アメリーにしてみれば、自身の不治の病を粗描《そびょう》するものにすぎなかった。それらの言葉は、「橋を架け渡すことのできぬふたつの世界（…）、一方はおのれの死を知り、他方は知らない」世界の間、「一刻しか死なない者と、絶えず死ぬ者[34]」との間に、分離線を引いたのである。そのように見るなら、執筆行為は、解放であるとともに、解放《デリヴランス》の取り消しとなるのだ――死をまぬかれた者が、自分はもはや生きていないことを悟らざるを得ない、その瞬間に。

　死の経験を超えて引き延ばされた実存は、感情の中核に罪悪感をすえるようになる。ニーダーラントが言うところの、殺戮を逃れた者の心裡にもっとも重くのしかかる、生き残ったがための罪悪感だ。ナチの犯罪を行った者ではなく、生きのびた者のほうが罪の意識に苦しむことは、ニーダーラントの言葉を借りるなら、きわめつけの悪辣な皮肉である。「圧倒され萎縮させられたという感覚」にとらわれ、「不快感、憂鬱、虚脱感を伴う引きこもり」にしじゅう悩まされ、生き残った犠牲者は消えることのない「もっとも恐ろしいかたちでの死との出遭いに起因する心理的深手[35]」を負っている。老いについてのエッセイの末尾近くで、アメリーは次のように回想している。「自分と同じような人たちがありとあらゆる死に方をするのを見てきた。仲間たちは――こうしか言いようがないのだが――まさしくくたばったのだ、チフスや赤痢や飢えやめったやたらの殴打で、あるいはチクロンBを吸って口をぱくぱくしながら[36]」。この種の戦慄

――知らん顔して側を通り過ぎていかなければならなかった、とアメリーは書いている――の消しようのない影響のひとつが、生き残りの心裡に「年代記として書き込まれた死の記憶痕跡[37]」である。また身体面でも数々の重症の障害がもたらされる。ニーダーラントが列挙しているが、精神運動性障害、組織的脳損傷、心臓病、循環障害、胃病、全身の活力減退、早期老化といったものだ。ニーダーラントが専門家の見地からあげる症例――ちなみに、犠牲者の尊厳の剥奪は、補償の段階においても続く――は別としても、アメリーの書いたものを読むだけで、死の手に引き渡されるとはいかなることであるかがわかるだろう。

ふり返ってみてはっきりわかるのだが、自分の勇気におりおり疑問符を付けていたアメリーは、生涯最後の十五年間、言語によって恐ろしい過去と対決しながら、退却戦を雄々しく戦っていたのだった。そこから生まれた洞察は、「自死論は心理学の終わるところからはじめてはじまる[38]」こと、その議論は「純粋な否定」と「いかにしても絶対に想像し得ないあるもの[39]」にのみ関わるということであった。死の議論は、「自分をかたむけ大地に近づく長いプロセスであり、自死の想念を抱く人の尊厳と人間性とがとても承認できないかずかずの屈辱的なできごとの総計[40]」である。自死についてのこの論考の著者は、思考の近縁者と言っていいシオランの次の言葉にきっと同意しただろう。われわれが生きていけるのは、「ただわれわれの想像力と記憶力が貧弱だからにすぎない[41]」。暗い記憶にひたされた過去の出来事をたどりなおすうちに、人生を――暴力的でなく（シェイクスピアを引用して、アメリーは「ただの針一本で」と書いている）――終えることができたら、という願望がアメリーの心裡にある時点できざしたとしても不思議はない。

無関心《アケディア・コルデス》の究極である死の願望は、しかし、アメリーにとって諦念の契機になったことは一度もなかった。むしろ抵抗しつづけることへと駆り立てた。一九七四年に出版された小説形式のエッセイ『ルフー、あるいは取り壊し』がまさにそのしぶとさを証している。なかば想像の、なかば自伝的な叙述の中心には、適応の意志も能力も失った画家がいる。落伍者《アン・ラト》は、まわりの世界ともはや関わりを持つ気がない。通称ルフー、本名をフォイヤーマンという男は、いわゆる第三帝国の時代にドイツに移送されて強制労働につき、そこで、ヒトラーの開けた落とし戸から人類が「人類を否定する奈落[42]」に落ち込んだのを見届ける。マイヤー／アメリーと同じく、フォイヤーマン／ルフーも生き残る。生き残るが、だがそれだけだ。生き残ったことは、ルフーにとって亡霊じみた存在になることの宣告にひとしい。なぜなら、真実のルフーはいまだに死者の町にとどまっているからだ。アメリーとともにしばらくアウシュヴィッツの同じ収容所にいたプリーモ・レーヴィが、この町をきわめて具体的に描写している。バベルの塔にも似たモノヴィッツの工場は、ブナ（合成ゴム）と呼ばれていた。そこにはドイツ人管理者や技術者にならんで、近辺の収容所から集められた四万人の労働者がひしめき、二十か国語以上の言語が話されていた。町の中心には、奴隷によって建てられたカーバイド（炭化物）の塔がシンボルとしてそびえ、その先端はほとんどいつも霧に隠れていた[43]。一ポンドの合成ゴムも製造されなかったことがいまでは判明しているこの町は――隠喩を使うことが許されるならだが――地獄の一角であり、ダンテ言うところの、旅人が「くるめきまわり、駆け走る一流れの旗」を見る場所である。ダンテはつづけてこう書いた。「その旗のうしろに、死がかくもおびただしい生命《いのち》をあやめたとは信じられぬほど、多くの人の長い行列が続く[44]」。アメリーの代理人ルフーがダンテの旅人と共有するのは、死の強大な力への驚きである。ルフー（ルフー Lefue の（feu）はフランス語で〈火〉。〈亡き〉の意味もある）は寓意的な形姿だ。フォイヤーマン《火の人》であり、ファイヤーマン《祝祭の人》であり、ファイヤーマン《死にゆく人》である。彼の経験したものは現世の彼方にある。放火魔ルフーは森のはずれに腰を下ろし、夜闇の向こうの町をじっと見下ろす。そして「パリ燃ゆ《パリ・ブルーリュ》」と題した作品を、炎の海を作ろうと空想する。暴力に対するに暴力による救済という、アメリーがフランツ・ファノンに想を得てくり返し考え続けた問いがここに浮上している。命がけで非合法のアジビラを作り撒いた抵抗の士だった自分はなぜ、「武器を手にして抑圧者と戦う気持を起こせなかったのか(45)」、とアメリーは自問した。暴力の放棄、この上ない挑発を前にしても暴力の途をとることができないことが、アメリーの大きな苦悩のひとつだった。それゆえにアメリーは、ごうごうと燃えさかる町を脳裡に描いてみるフォイヤーマンに、こころみに身を重ねたのである。神のなす復讐の暴力の典型的手段である火は、つきつめれば、革命の幻想にふける放火魔のまことの情熱の謂いであった。ルフーは、自身が火であるとともに、火のごとく自身を焼き滅ぼすのである。

苛《さいな》まれた心

ペーター・ヴァイスの作品における想起と残酷

人の哀れな心には、苦悩が入り込むための、まだ存在していない部分がある。
レオン・ブロワ

ペーター・ヴァイス（一九一六〜一九八二）が一九四〇年に描き上げた絵《行商人》は、陰惨な工業地帯の風景を中景から盛り上がらせた作品である。その風景の前には小さなサーカスがテントを張っていて、それが全体の光景に奇妙に寓意的な雰囲気をあたえている。前景の画面縁には、鑑賞者に半分背中を向け、別れを告げるように肩越しにふり返っている若い男が、腹の前に売り箱のようなものを下げ、旅杖を手にして立っている。おそらくは長い路をたどってきたのだろう、おりしも険しい径を下って、テントの方へ降りていこうというところだ。テントの開口部は、この絵のもっとも明るく、かつもっとも暗い部分をなしている。入り陽に照らされたテントのまっ白な平面が、内部を占めるまっ暗な闇を取り囲んでいる。その黒々とした空間に、この故郷を持たぬ、人生の始まりにある人物がいやおうなしに引き込まれていく。もはや光をあびることのない、生を去った者たちが棲んでいるその場所を訪れたいという欲求は、画家自身を表現したこの作品において、そのまま、自身の最期に向けられた表現になっている。この絵画に表された構想に、のちのちまで偏執と紙一重のところまでこだわり続けたのがヴァイスだった。その全作品は、死者のもとを訪れることを企図している。まずはおのれ自身の死者たちを。どうしても脳裡を去らない、あまりにも若くして事故で死んだ妹を。一九四〇年にデンマークの海岸に死体が打ち上げられた、若き日の友ウーリを。どうしても別れを告げ切ることのできない両親を。そしてまた塵と灰になってしまった、歴史におけるありとあらゆる犠牲者を。一九七〇年九月の覚え書きにある長い狂詩風の散文には、自分が死者と出遭うさだめであることが記され、また同時に、「おのれの死を傍目にもはっきりと持ち歩いている者、あの世への舟に、冥府の川《アケロン》に向かっている者、はやくも櫂の音を、渡し守《カロン》の呼び声を耳にしている者」[1]とのあいだの連帯感が語られている。ヴァイスが考える書くというプロセスは――そのころ彼は長篇小説『抵抗の美学』に着手しようとしていた――、記憶を書かれた文字に置き換えていくことを通じて、「忘却の術」[2]（憂鬱と死が結びつくように、忘却の術と生とは緊密に結びついている）に抗おうとする不断の闘争であった。書くこととは、「放心」や「発作的な弱さ」に見舞われつつも、「葬送の歌を誦し、われわれ自身の死を見すえつつ、われわれの中のすべての死者とともに、生者に立ち交じりながら死に向かって平衡を保っていく」[3]試みである。記憶を働かせるのはそのためであり、想起することによってのみ、罪業の山影で生き残ることも許されるのだ。しかし、死者についての抽象的な記憶が、記憶を喪失していく誘惑に勝てないことを同時代の作家の誰の作品よりもはっきりと示したのも、またペーター・ヴァイスだった。責め苦の具体的なありさまを調査し再構成して、たんなる同情を超えた苦痛への共感を表すことができないかぎり、である。ヴァイスの理解によれば、そのような再構成にあたっては、想起の義務を引き受けた芸術家の主体は、なによりもまず自分自身をそこに介在させなければならない。自身が痛みを感じてこそ、記憶の保持も保証されるのだ。

こうして、亡命後数年のうちにヴァイスが制作した絵画には、はやくも多数の残酷きわまりない行為が描かれることとなった。なかには暴虐の出現によっていましも没落しようとする文明の光景をすら描いたものもあったが、それらの絵画は道義的衝迫にもとづくものであって、いかなる種類の美的放埓にも陥っていない。一九三七年作の《大世界劇場》は、きわめて病的な彩色と構図の壮大さから、アルトドルファーの《アレクサンドロス大王の戦い》を思い出させる。描かれるのは、罪過にまみれた世界の地獄絵だ。背景の船は転覆しかかり、空は猛火に照り映えている。とはいえ、ヴァイスがこのようなパノラマに展開する厄災の概念は、終末論的世界の様相を示そうとしたものではない。それは、いまや恒常的な状態と化してしまった破壊の表現である。いま、ここにある世界こそ、あらゆる自然からとうに遠ざかってしまった冥界なのだ。工業施設、機械、煙突、サイロ、高架橋、壁の取り囲む場所、迷路、葉のない樹木、安手のアトラクション施設が組み合わさった超現実的な場所であり、登場人物はおのれのうちにすっかり閉じ込もり、来歴を喪った存在となって、生気のない生をいとなんでいる。一九三八年作《ガーデンコンサート》の、放心した目つきの若いチェンバロ奏者をはじめとした伏し目の人物たちは、苦痛の感覚によってかろうじて生を保っているような人生を時代に先立って告げている。彼らは貶《さげす》まれた者、嘲弄された者、不具になった者、衰弱し命の灯の尽きかけた者、一切をあきらめすべてを捨てて来て、隠れ家ですすり泣いている者(4)にそのまま置き換えることができるのだ。小説『抵抗の美学』第三巻において、語り手の母親は、いわゆる第三帝国の東部地方をさすらううちに「あらゆる要求、あらゆる尊厳を奪われ、荷積み場と輸送線路と乗り換え場と受け入れ収容所からしか成り立っていない世界にいる[5]」人々の運命に望まずしてみずからを委ねることになるが、このときに母親が陥る不治の憂鬱——語り手によれば、母が救いがたく「ぼくたちを取り囲むすべてから遠ざかって[6]」、もはや驚愕の声すら漏らすことのない、ほとんど失語的な憂鬱——は、書き手であるこの息子の胸にある疑念を生じさせる。オシフィエンチム（アウシュヴィッツ）の界隈で気が触れた彼女は、「理性を保ったぼくたちよりももっとわかっている[7]」のではないか、と。そして覚え書きに記されたように、「沈黙することは、放棄することは、生きているうちに自身の回想の記念碑を立てようなどという衝動よりももっと誠実では[8]」ないだろうか、と。深い惑乱を前にこのようなかたちで表出された言語化への懐疑は、陰鬱な亡命時代に描かれた自画像において、はやくも主題化されている。一九四六年作のグワッシュ画は、重い憂鬱に沈んだ表情をしている。一方ほぼ同時期に制作された全体を冷たい青のトーンが覆う自画像は、精神を集中した、すさまじく知性的でバネのある印象をあたえる。真実と正義を見きわめようとする研究者のまなざしが、画面からまっすぐ、決然として、これと見定めた対象へと注がれている。だが双方の自画像に共通するのは、画家ヴァイスがおのれの相貌を写実的な細部への忠実さではなく、平面的な描写によって捉えていることであり、その描写に作家ヴァイスの後期文学作品の特徴となる、重々しいヒロイズムのある種の特徴がすでに表れていることだ。傷ついた自己をいまひとつの不屈の人格へと変貌させることによって、まずは抵抗への意志が打ち立てられる。が、同時にそこにはもうひとつ、自己を脅かすシステムの冷酷との同化と言い得るようなものが起こっている。切り刻まれ、バラバラにされるのではないかという恐怖が、彼自身のとる戦略の生産的な契機となり、圧迫的な現実が肉体化したものである諸権威に探求のメスを入れるのだ。解剖のテーマは、ヴァイスがこの時期以降もいろいろなかたちで取り組む主題であるが、その内容には、さまざまな点で問題の多い転移のプロセスが含まれている。本論はその点を明らかにしようとするものである。

ペーター・ヴァイスを苦しませた最初期の悪夢のひとつは、惨殺されるという想像だった。『両親との別れ』（一九六一年）では、庖丁を持ったふたりの男が、暗い門から現れて、彼のほうに向かってくる――背後には柴の山があって、その上に彼らがたったいま始末してきた豚が横たわっている。男たちは、圧倒的ななにかの権力から派遣されてくる遣いであった。少年ヴァイスは当時すでにその力にさらされているように感じ、権威を持った人間はだれもかれもがその代理人なのだと思っていた。なかでも医者だった。医者は専門的な関心から、彼の身体の侵害をくわだてている――こうしたテーマ全体の根底に、罰を受け、刑に処されることへの凄まじい恐怖があったことは疑いを容れない。罪人の肉体を、死んだあとまで追いかけてなお破壊しようとする懲罰である。ペーター・ヴァイスの作品における中心的な洞察のひとつは、この懲罰が、処刑を公共の祭事にする（たとえばサドが描写したダミアンの公開処刑の場面のように）ための、社会が作り出した法的な手段であると指摘したことである。だがヴァイスはそれ以上に、人間の肉体を切り刻み、内臓をむしり出して文字どおり肉屑にするごとき徹底的な懲罰を科すことを〈啓蒙された〉文明人もやめなかった、いや〈啓蒙された〉文明人だからこそやめなかった、と看破したのだった。目下それが医学のためといった別の旗印のもとで行われていることは、事態をたいして変えるわけではない。ヴァイスが一九四六年に描いた解剖場面の絵画では、解剖台に見たところ頭のない死体が横たわっている。取り出された器官はすでに四角や円筒形の容器に移されて、その後の処置を待っている。男が三人、物思わしげなふうで、いましがた終わった解剖の犠牲者のそばに腰を下ろしているが、その表情からは、この一刻が重大な時であったことが伝わってくる。ここに描かれているのは、有罪宣告を受けた肉体をさらに破壊する、社会が是認した公開の見せ物（公開処刑のとき、カサノヴァは見物を楽しんでいた隣の婦人のスカートの中に手を伸ばした）ではない。ヴァイスの描く犠牲者におこなわれている儀式は、なにかもっと新しい種類の精神にもとづくものだ。秩序保持にのっとり、反逆的であるとますますみなされるようになってきた肉体の各部分をできるかぎり完璧に同定し、分類しようとの精神である。とはいえ、死者の番をつとめる一風変わった三人が何者を意味しているのかは、容易には判じがたい。やたらと清潔な手を強調している画面構成からすると、その場で休憩をとっている解剖学者そのものなのだろうか。それとも古代的な衣裳が暗示するとおり、聖なる儀式を行っている卜占官《アウグル》なのだろうか。あるいは三人のうち少なくともひとりがソクラテスじみた相貌をしていることからすると、真実への愛のゆえに肉体を切り刻む哲学者でもあるのだろうか。ともあれ、三人の男の冷静さと解剖に附された肉体をみじんも意識しようとしない視線の無関心さによってわかるのは、この解剖が復讐をこととする司法解剖ではなく、なにかほかの〈理念〉、なにか中立的な科学原理の理念のもとでおこなわれたものであり、生き物の苦痛を手がかりに新たな専門的見解を打ち出すという、目的ないし価値によって正当化される種類のものであることのようだ。そういえばいまひとつの有名な解剖画、市民階級の台頭する時代にレンブラントが描いた解剖画でもすでに目を惹いたのは、ニコラース・テュルプ博士の公開解剖に立ち会った外科医たちの誰ひとりとして、解剖に附されているライデン市の哀れなこそ泥、アリス・キントの死体を見つめていなかったことだった。自分自身の所業に魅入られてしまわないように、外科医たちのまなざしは、ページを開いて置かれていた解剖学書に注がれていた。高次の関心から絞首死体をさらに毀損する場面を描いたレンブラントの絵画は、進歩がおかげをこうむっているところの学問の特殊性に対する、背筋の寒くなるような批評であった。かたやそれよりもはるかに素朴なペーター・ヴァイスの解剖画だが、これについては、自分が描いた解剖に画家自身が附されているつもりでいるのか、それともデカルトと同様——デカルトは熱心なアマチュア解剖学者で、歴史資料によると、どうやら何度もテュルプ博士の解剖授業に立ち会ったらしい——身体寸断によって（身体寸断はヴァイスの作品にくりかえし登場する）人間という機械の秘密を発見することができると思っていたのかどうかは、はっきりしない。この絵画の二年前の作である解剖を描いた別の絵画は、ある意味でははるかに人間味があり、別の意味でははるかに残酷な解剖学者を描いている。その解剖学者は、右手にメス、左手に切り取られた器官を持って、悲痛な表情で、自分が切り裂いた人体の上にかがみ込んでいるのだ。その絵を見るかぎり、ヴァイスが解剖に病的な関心を持ち、解剖学者に自分を重ねていた可能性は否定しきれない。この脈絡で参考になりそうなのは、『抵抗の美学』のある一節である。政治に関する部分よりもはるかに力を込めて、ヴァイスは画家テオドール・ジェリコー（フランスの画家［一七九一〜一八二四］。劇的な情景を写実的に表現した。代表作《メデューズ号の筏》(9)は複数の人を乗せて遭難・漂流した筏の上で起こった凄惨な情景を描いたもの）の来歴について語っている。画家もまた、「死体安置室で（…）生気の失せた肌の研究に」没頭している。ヴァイスの解釈によれば、それは「抑圧と破壊のシステムにメスを入れたいからである」[10]。とすればここでヴァイスは、『抵抗の美学』の随所がそうであるように政治的モチーフを前景化しているわけであるが、むろんこのような政治的モチーフは、芸術作品の効果を決める要因とは対立関係にある。芸術にあっては、肉体性は超越性との境があいまいになるところでもっとも強烈に表われ出、その〈性質〉がもっともよく認識できるのだ[11]。解剖された肉体に対する好色な欲望をも感じさせつつ、認識の意志に突き動かされたこのような死者との親和からしてみると、ひとつの疑いが頭をもたげてくる。芸術実践の極北の例としてのジェリコー、そして同じ実践を心がけていたヴァイスの場合、絵を描く行為とはつまるところ、人間の生の現実に衝撃を受けた自己が、破壊をつぎつぎと繰り返すことによって、自分自身を滅し去ろうとする試みと同じではなかったか、と。『抵抗の美学』の一人称の語り手は、「生の耐え難さの根がここにある」[12]というテオドール・ジェリコーの作品の真っ黒の量塊の中に入りこんでいく。その層のひとつひとつが、ヴァイスによるなら『抵抗の美学』の文章に相当するのだ。『抵抗の美学』という、まさしく破壊的な作品において、ペーター・ヴァイスは、残り少ない命（自身もそのことは自覚していた）を震撼すべき徹底性で破滅に追いやったのだった。

ヴァイスは一九六三年のノートに、自分の仕事の多くは子ども時代に根を持っている[13]、と記している。このとき以降に書かれた作品についても当てはまるコメントだろう。作家活動における強迫的な執筆の病因を示唆しているともいえる。ヴァイスは作品『両親との別れ』によって、かなり早い時期に、忘却・抑圧された幼年時代の苦痛と情熱を追求した模範作品とも言うべき小説を書いた。精神分析が表出の助けとなった。その作品と図像の上で同位置に立つのが、思いに沈んだ水兵服姿の少年を描いた絵画である。『両親との別れ』に付された不思議な感じのするコラージュ作品で、工場と聖堂じみた建物群を背景にして、少年が小さなシャベルで荒れ地を掘っている。注目すべきは、幼年期の考古学的探求が、父の死の回想とともにはじまることだ。ヴァイスは、だぶだぶになった黒い服を着て柩に横たわっている父親を見つめていたときのことを書いている。死者を前に、「以前私が彼にけっして認めたことのなかった、誇らしい、大胆なもの[14]」を感じ、そして「冷たい、黄ばんだ、ぴんと張った手の皮膚を[15]」撫でてみる。——象徴的なしぐさである。あたかもそれが合い言葉《シボレート》であるかのごとく、父親の人生の「不断の努力[16]」をみずからの人生の任務として引き継ごうとしているかのようだ。どこかの社会では、父親が死ぬと息子が父親の手形を取るという。それによって内面化の最終過程が果たされ、遺された息子への権威移譲が完成するのだ。後年、ヴァイスは忘れないために書いたとしか思えないような脈絡で、父親の「すさまじい奮闘」ぶりを記憶に呼び出している。「第一次世界大戦後最初の移住。ウィーンよりドイツへ。一九三四年ドイツよりイギリスへ。一九三六年チェコへ。一九三八年またしても、スウェーデンへ。五十三歳にして新しい人生の始まり。(…)イギリスにいたときにはもう重病にかかっていた[17]」。自分なりの仕事に就くのがあまりにも遅く、たえず時間を「無駄にしていた」息子は、父に後れをとることは許されない。父親の「すさまじい奮闘」は、いまや彼が従うべき手本なのだ。倫理的な最高権威者——審判において判決を言い渡す者——として、父の像は、依然、力をふるいつづける。たとえ精神分析によって眼を開かれるところはあったにせよ、父親に勝るとも劣らないヴァイスの晩年における奮闘を支えた力は、やはり幼年期に感じた、いまだに消えやらぬ懲罰への恐怖であった。恐ろしい幼年時代（とヴァイスは後年何度も強調する）を掘り返すなかで中心的な位置を占めるのは、グリム童話の木版画の挿絵であり、『もじゃもじゃペーター』（ドイツの医師H・ホフマンによる一八四四年刊の児童絵本）の素朴で強烈な色彩の挿絵だった。ペーターという名前だけでも、ヴァイスはその絵に自分を重ねることができ、あたかも自分が見た夢の情景であるかのように感じた。『もじゃもじゃペーター』に出てくる、マッチ箱に手を伸ばさずにはいられなくてとうとう燃えてしまったパウリンヒェン、動物を虐めてばかりいて、ある日犬に血が出るほど脚を噛まれ、お医者にお灸を据えられたすえに苦い薬をのまされて、ソーセージを食べる犬を横目に床に着くはめになったフリーデリッヒ。男女の別がいまひとつはっきりしない、拒食症でスープを飲まずに死んでいったカスパール（死の願望を表すイメージだった）。仕立屋の巨大なハサミと、コンラートのちょん切られた親指——それらの話のいずれもが、子ども、および分別をわきまえたはずの大人に懲罰の怖ろしさを肝に銘じさせる原型《アーキタイプ》である。このような挿絵の世界が総体として表す、言うことを聞かない子どものための法典《コデテス・ユーリス》は、その本質からして、該当する人物が読むと目が釘付けになってしまうようにできている。だからこそけっして忘れられない。拷問や酷使や放火や殺人が頻出する物語を好んで読む子どもであれば、その力と影響はのちのちさらに強まる。捕虜になったインドの兵士が大砲の砲口に縛りつけられるという話からは、肉体だけでなく魂まで滅ぼしてしまう処刑があることすら、少年ヴァイスは学ぶ。そうやって奇矯な道徳律を身につけるうち、子どもは途方もなく不気味なものにこそ親しみをおぼえるようになる。しつけのためだという残忍の特殊ドイツ的なあらわれに、倒錯的な喜びを抱くようになるのだ。

ありとあらゆる種類の懲罰を空想することが、厳格なモラリスト、ペーター・ヴァイスを育てた。身体切断や身体毀損の演じられる光景は、記憶の定言命法（無条件の命令）を具体的に表わしたものとみなすことができるだろう。ニーチェは『道徳の系譜』において、〈能動的な健忘〉を魂の安らぎと秩序の番人と呼んだ(18)。その能動的な健忘は、不断に懲罰が存在していれば、阻むことができる。なにかを記憶に留めておかなければならないがゆえに、ヴァイスは文学作品を書き、煉獄に踏み入る。かのダンテの『神曲』において、そのとば口で天使が罪の意識の徴として、剣の先でダンテの額に罪《プッカートム》のPの字を刻んだ、その煉獄だ。よりよき人間となる真の条件を見い出す道程に与えられる課題は、苦痛を辛抱づよく耐え抜くことによって、皮膚に刻まれた文字の意味をさぐることである。――まことに古風な方法というわけだ。かの拷問機械もこの原則にのっとって作られていた。流刑地を訪れた男が、いまや失墜した前司令官の発明になることを聞き知る、あの機械である。ニーチェは『道徳の系譜学』で次のように書いている。「おそらく、人間の先史時代の全体をつうじて、人間の記憶術ほど恐るべく不気味なものは一つとしてなかったかもしれない。何かを烙《や》きつけるというのは、これを記憶に残すためである。苦痛を与えてやまないものだけが記憶に残るのだ(19)」。かくして、ニーチェの論考で〈神経衰弱タイプ〉と一括されたモラリストの例にたがわず、ヴァイスにおける記憶も不可避的に、過去に嘗めた苦悶を呼び戻さずにはいられない。ヴァイスはそのようにして、ありとあらゆる途轍もない空想からなる、おのれの内面生活の恥部《パルティ・オントゥズ》を見つけ出すのだ（彼は現代ドイツ文学における大いなるへぼポルノ作家である）。だがヴァイスはそこにはとどまらなかった。それを超えて、現実の出来事が常軌を逸した破壊妄想をはるかに凌駕するこの社会の客観的性質を見つけるに至ったのである。背筋の凍る殺人劇《モリタート》（『客人たちとの一夜』）からフランス革命のどぎつい残虐行為（『ジャン・ポール・マラーの迫害と殺害』）に至るまでのペーター・ヴァイスの戯曲は、幼年期の怖ろしいお化けと市民革命の立役者がともに血にまみれる場であった。しかしこの成長をつうじて、個人的事情に端を発する苦悩はしだいに変貌を遂げ、ある認識へと、つまり人間内部のグロテスクな歪みは、集団としての社会の歴史に背景と原因を持つのだという認識へと、移っていく。こうして、ドイツ人であるとともにユダヤ人でもあるという、自伝でもしかと追求しきれなかった彼自身の前史が、フランクフルトのアウシュヴィッツ裁判を傍聴させる決定的な要因となる。「すべての損害にはどこかにその代償となるべき等価物があり、したがってそれは、加害者に苦痛を与えることによってであろうと、実際に賠償されうるものだ」――裁判を前にして、ヴァイスはそんな希望をまだかすかに胸に抱いていたかもしれない。ニーチェは右の考えを正義の感覚の根本にあるものとみなした。「その力の出所は、債権者と債務者との契約関係のうちにあり、この契約関係は、総じて〈権利主体〉というものの存在と同じく古い[20]」。しかし、これを本来の意味で実現できるのはむろん古代社会においてしかありえない。市民社会の法体制はみずからに抑制を課しているため、フランクフルト裁判では、「残忍な行為を指図し要求する権利[21]」として行使されるような、犠牲者に対する真の償いがおこなわれるには至らなかった。それどころか、かつて嘗めた辛酸の記憶を呼び起こすことを要求された証言者たちは、あらためて長い苦痛にさらされ、かたや告発された側は、依然としてこともなかったのである。だがヴァイスが裁判後に文学のかたちで再度の追究に取り組んだ（戯曲『追究――アウシュヴィッツの歌』［一九六四年］）のは、裁判によってはなんの意義ある満足のいく解決も得られなかったし、また得られるはずもないという欠陥だけに起因していたのではなかっただろう。ヴァイスをこの仕事に駆り立てたのは、裁判のみでは自身にとっての決定的な問題に答えられないと悟ったことであった。つまりは、「自分は債権者なのか、それとも債務者なのか」という問いである。追究につれて、答えは明らかになる。支配する者とされる者、搾取する者とされる者は、実のところ同類なのだと。それゆえ犠牲者でありえた自分は——理論上のみならず——加害者に、少なくとも共犯者の身にもなってみる必要があるのだと。あらゆる道義的義務のうちでももっとも困難なこの義務を引き受けようとするヴァイスの姿勢が、ヴァイスの作品をして、いわゆる〈過去の克服〉を試みる凡百の文学作品をはるかに凌駕させている。ユダヤ人およびドイツ人の運命とこの作家の個人的運命とが分かちがたく絡まり合っていることをなにより端的に示しているのが、ヴァイスが舞台にあげる残虐行為の執行者たちの名前だ。戯曲『客人たちとの一夜』の登場人物、カスパー・ローゼンロート《薔薇紅》の名がすでにユダヤとドイツの混交を示していた。タウゼントシェーン《麗人》、リープゼール《愛する魂》、ゴットリープ《神の愛》など、実名であれ案出した名であれ、『追究』執筆の過程でヴァイスがノートに多少の変化をつけつつ書きつけたナチの犯罪人の名前[22]は、もとをたどれば同化ユダヤ人の名前である。ユダヤ人の同化の歴史は、ユダヤ人ともドイツ人ともどちらともつかない不幸な存在を生んできたのだった。自分をまっぷたつに裂くことのできない奇形のルンペルシュティルツヒェン（グリム童話の一篇に出てくるこびと。本名を当てられた瞬間に体を二つに裂いて死ぬ）が、その範型である。一九六四年にヴァイスが書きつけた「ああよかった、私はドイツ人でなくて[23]」の一文も、同様に自分への暗澹とした皮肉を込めたものだ。安直な免責のごとくに思えるが、そうではない。むしろ正反対に、一文から浮かび上がるのは、ユダヤ人の父親に「ろくでなしのユダ公」とののしられたことのある自分はやはりドイツ人にほかならない、との意識である。家庭ではいわゆるドイツの礼節が支配していた、少なくともそのかぎりにおいて自分はドイツ人であった。この類縁性が、犠牲者ばかりか、殺人者たちにまで自分の身を重ねるという試みを命じた。たやすいことではない。『追究』の場面には、それがほとんど偏執的なまでに強調されているところがある。フランクフルト裁判で告発された衛生下士官のクレーアが、薬殺が決まった患者の心臓にフェノール液を注射する場面が再現される。患者はふたりの囚人によって押さえつけられているのだが、この幇助の仕事を命じられたふたりの名前を、証人6が思い出すのだ。いみじくも、シュヴァルツとヴァイス（〈黒〉と〈白〉）であったことを。こうした明らかに意識的に書き込まれた、ほとんど象徴的な偶然を考えるなら、道義的な単純化などはおよそ論外であった。大量殺人の行為に自分も関わっているという主観的な感情——罪悪感からくるノイローゼは手の施しようもないほどひどかった——をヴァイスが埋め合わすことができたのは、議論の中心に、客観的見地からみた社会条件や惨禍の前提条件となったものを据えたことによっている。とりわけ六〇年代中葉までにこの問題について書かれた他のドイツ文学を思えば、大量虐殺を可能にしたものがいまなお存続している経済状況や思惑や組織形態であったことを指摘したのは、ペーター・ヴァイスの『追究』の大いなる功績だった。搾取者が未曾有の度合いで権力をふるった収容所を出現させた政治体制が台頭したのは、私たちすべてが馴染んだ社会からだったことを、証人3とともに、ヴァイスは自身と私たちとに思い起こさせるのである[24]。人を死ぬまで酷使することは、大戦中のドイツでは歴史上かつてない規模で行われていた。大量虐殺は、つまるところその極端な一変種にほかならなかった——その特殊な、体制にぴたりと寄り添った論理については、アレクサンダー・

クルーゲがのちに『新しい物語』で探求することになる。いまなお、ほぼあらゆるものの決定要因になっている国家経済の観点から見るなら、ファシストの作り上げた強制収容所の倒錯とは、そこで行われた犯罪の種類と規模にあるのではなかった。屑と化した人間を利用することで得られる経済的利益――ヴァイスは覚え書きに数字をあげて、「血、骨、灰まで使い尽くす(25)」と書いている――が、およそ道理に合わないほど、かかった費用を大幅に上回ったことであった。となれば、この差引残高マイナスのなかには、やはりなんらかの形而上的次元、まったく無目的な悪しきものがどうやら隠されているのである。それがヴァイスを駆り立てて、みずからの歴史的経験に具体的な細部を盛り込み、ダンテの『神曲』ばりの構造をもつ救済物語に仕立てる試みをさせたのだった。たしかに意味に満ちた統一性を備えたダンテのモデルを構築することは、ヴァイスにはもはやできなかった。しかし大量虐殺の恐ろしさを美的な秩序だったパターンに移すことは、大量虐殺の社会的基盤を合理的に説明すること以上に、著者を責め苦から解放した。『追究』全十一歌において、ヴァイスが地獄篇以上を書き得なかったことは、救済への希望をすでに失った時代の証左である。

北半球にしか人が住んでいないダンテの世界において、自然と文明が造り出した驚異の作品がアーチ状に覆う下には、もろい層のすぐ下に永劫の悲惨が隠されている。だが、このダンテの世界の構造が意味深いのは、なんといっても人類の厄災の歴史《ヒストリア・カラミタトウム》と、その集合的不幸をダシにして人間が文化的に生み出すものとの間にある、きわめて密着した関係が表現されているからではないだろうか。一万四千二百三十三行の韻文をしたためた詩人は、自分自身が受けるかもしれない処刑を四六時中脳裡に浮かべては、インスピレーションを得ていたのではないか——『神曲』を読む者の脳裡にはいやでもそんな問いが浮かぶのである。そしてその問いは、ペーター・ヴァイスの作品を読む者にも浮上する。故郷を追放され、戻れば焚刑に処されることになっていたダンテは、おそらくは一三一〇年のパリで、わずか一日のうちに五十九人のテンプル騎士団員が生きたまま火炙りにされた場に居合わせていた。ダンテ同様にヴァイスも、亡命によって自分が免れた運命がどのようなものであるかを承知していた。サドマゾ的なものへの執着、反復される水際だった苦痛の描写は、そうしたところから生まれるべくして生まれた。その苦痛の描写が、五百年以上の時を隔ててこれほどまで精神の似通った詩人ふたりの文学作品を際だたせたのである。もうひとつ、人類史における風土病のごとき倒錯した残虐を描写するにあたっては、つねに希望が伴っているものだ。恐怖の章を書くのはこれが最後であり、よりよい時代の後裔は天国で浄福にあずかる魂を見るかのように過去をふり返ってほしい、との希望である。トマス・アクイナスはいみじくも、「天国にある浄福な者たちは、罪人らの罰されるのを見、それによっていよいよおのれの浄福を喜ぶであろう」と言ったのだった。右にまとめたような残虐を表現する目的は、ついぞ果たされなかったことを私たちは知っている。果たされることはおそらくないだろう。なぜなら人間という類は、自分の所業から学ぶことができないのだから。だからして文化における難儀な仕事は、それが癒そうとする苦悩や苦痛と同じく、終わりをみることはない。永劫つづく仕事の責め苦は、まさしくイクシーオーンの火焔車（ゼウスの怒りに触れたイクシーオーンが縛りつけられた永遠に回転する火の車輪）だが、その火焔車の上でこそ創造への想像力は不断に生まれ、償いの苦行によって少なくともおのれだけは罪から逃れようとするのだ。ペーター・ヴァイスという事例は、壮絶な、自己破壊的な仕事によって遮二無二赦免を求めようとした試みである。五十の坂をとうに越した作家があらたに取り組んだ一千頁にのぼる長大な小説『抵抗の美学』——夜驚症（夜中に突如恐怖に駆られて目を覚ます病気）に脅かされ、膨大なイデオロギーの荷を負いつつ、人間の文化史と時代史の瓦礫の山をめぐる巡礼の旅に出る壮大な作品《マグヌム・オプス》——は、つかのまの救済を求める願望の表現なのだ。だがそれにとどまらず、作品はほとんど綱領と言ってよいほどに、最後の時には犠牲者の側に立つという意志を表明する。小説の終わり近い十頁ほどに、プレッツェンゼーのレジスタンスの闘士たちが、死刑執行人レトガーとローゼリープに処刑される場面がある。ここに開陳された、死の恐怖と苦痛を集約した描写は、私の知るかぎり文学において他に比肩するものを持たない。その描写は、書き手という主体をほとんど消滅させたと言ってよいだろう。この描写にたどりついたとき、作家ヴァイスはそこから二度と戻らなかった。その先の文章は、後奏曲、ないしは殉教物語の結尾《コーダ》にすぎない。画家テオドール・ジェリコーが、ジェリコーの考えるところ本質的に破壊的な社会への警告として、殉教者通り《デ・マルティル》のアトリエで自己破壊的な作品を完成させたのと同様に、ペーター・ヴァイスもまた想起という長い苦悶を経て、レジスタンスの殉教者の仲間入りを果たした。作中、殉教者のひとりが、両親に宛てて別れの手紙を書いている。ペーター・ヴァイスの声は、ここにも聞き取れる。それはこんなことばで終わるのだ。「おお、ヘラクレスよ。光はにぶく、鉛筆は尖りをなくした。もっとまったく違うことを書きたかった。だが時間は短い。そして紙幅は尽きた」、[26]と。

解説　破壊に抗する博物誌的な記述

細見和之

本書『空襲と文学』の中心部分をなす「空襲と文学」は、冒頭で著者自身が述べているとおり、スイスのチューリヒ大学で一九九七年秋に行なわれた連続講義がもとになっている。第二次世界大戦でドイツが被った空襲体験は戦後のドイツ文学において表現されておらず、次世代にもなんら継承されていないという彼の主張は、新聞や雑誌の報道をつうじてすぐさま大きな反響を呼んだ。「空襲と文学」の第三章にはその反響とそれへのゼーバルトの応答が組み込まれている。

そして、一九九九年にアンデルシュ論とあわせて『空襲と文学』が単行本として出版されたのちも、このテーマをめぐって、いまでは「〈空襲と文学〉論争」と呼ばれるやりとりが展開されることになる。そもそも戦後のドイツ文学が空襲体験を描いていないというのは事実かという実証的な確認に始まって、論点は多岐にわたった。結果としてゼーバルトの提起は、埋もれた戦後ドイツ文学の発掘という役割も果たすことになる。

そのなかで、本書七六ページにも登場する雑誌《シュピーゲル》の記者フォルカー・ハーゲは『破壊の証人たち――文学者と空襲』という書物を二〇〇三年に刊行している。そこには、ゼーバルト自身をふくめて十一人の作家に対して行なわれたインタビューが組み込まれている（この論争について詳しくは、『ドイツ文学』第一三〇号、日本独文学会所収の香月恵里「『空襲と文学』論争について」を参照）。

ゼーバルトの主張が大きな反響を呼んだ背景に、そのちょうど十年まえ、一九八七年にドイツで起こった「歴史家論争」以来の流れがあったことは確かだろう。「歴史家論争」においては、ドイツの保守的な歴史家たちがホロコーストをはじめとするナチスの犯罪を陰に陽に相対化しようとし、ハーバーマスをはじめとした哲学者、社会科学者がそれを厳しく批判する論陣を張った。しかし、この論争は一九九〇年の東西ドイツの統一とそれに伴うナショナリズムの高揚のなかに、最終的には呑みこまれてしまう。

一方、ゼーバルトのチューリヒ講演の前年、一九九六年には、アメリカ合衆国の政治学者ダニエル・ゴールドハーゲンの『ヒトラーに自発的に従った死刑執行者たち――普通のドイツ人とホロコースト』（これは原題のままで、望月幸男監訳、ミネルヴァ書房、二〇〇七年刊の日本語訳では『普通のドイツ人とホロコースト――ヒトラーの自発的死刑執行人たち』と、メインタイトルとサブタイトルが入れ替えられている）が、ドイツ国内で大きな論争を呼んでいた。ゴールドハーゲンは、統一によって「戦後」の清算を果たすかのドイツの風潮に冷や水を浴びせるように、ナチスの残虐行為には「普通のドイツ人」も「自発的に」加わっていたとあらためて説いたのである。

　この文脈で見るならば、ゼーバルトの主張が、加害体験よりも被害体験に目を向けるように促すナショナリスティックなものと受け取られる可能性は、十分に存在していたと言えるだろう。ドイツ生まれで、ユダヤ系ではない、イギリス在住の著名な作家――こういうラベリングの仕方は最悪だが――が、ドイツ国民に第二次大戦における加害体験よりも被害体験について語ることを求めている……。実際、翌年一九九八年にはドイツ文学の重鎮マルティン・ヴァルザーがある文学賞の受賞講演で、アウシュヴィッツについて聞かされるのはもううんざりだ、「いまやドイツ人は全く普通の国民だ」と述べて、ドイツ国内でそれなりに歓迎されるのである。

　「空襲と文学」が単行本として刊行される際にアンデルシュ論が付され、さらに英訳版において優れたジャン・アメリー論、ペーター・ヴァイス論が併録されることになった背景には、このような誤解を排するという意味合いもあったことだろう。しかし、「空襲と文学」におけるゼーバルトの文面を読めば、彼の主張がそんな次元を遥かに超えたものであったことは歴然としている。ゼーバルトは強い言葉で繰り返している。

　もはや伝説と化し、ある意味ではたしかに見事であった戦後ドイツの再建は、敵

国による破壊につづく、みずからの過去のいわば二度目の抹殺であった。(本書、一五頁。以下、頁数のみを記す)

大多数のドイツ人が嘗めた破壊の最終章におけるもっとも暗澹たる部分は、こうしていわば恥ずべき、一種のタブーとも言える家族の秘密と化したのであり、その秘密はおのれ自身にすら打ち明けられないものとなった。(一七)

奇跡の経済復興には〔中略〕純粋に精神的な次元の触媒があった。それこそが、ひた隠しにされた秘密、すなわち自分たちの国家の礎には累々たる屍が塗り込められているという秘密を水源とする、いまなお涸れることのない心理的なエネルギーの流れだったのである。(一九)

この激烈な口調は、ナチズムという「過去の克服」を政治的な旗印にして経済的な復興を遂げ、東西ドイツの統一という形にまでいたった戦後ドイツの歩みに対して、根本的な疑義のまなざしを向けるものである。ヴァルザーが我慢しきれず吐き出したかのような「普通の国民」というありかたの、その起源そのものを鋭く問いなおす指摘だ。

しかし、ここでゼーバルトは戦後のドイツ文学における空襲体験の不在に関して、たんに先行世代を指弾しているのではない。彼の他の散文作品と同様に、ここでも粘り強い文献探索のもとでおびただしい引用がなされている。もちろん否定的な意味合いで引用されている場合も多いのだが、読めば明らかなようにそれだけではない。空襲体験を恐るべき密度で記述した文面（あるいはそれをこころざした文面）の引用も繰り返しなされている。それらを読んでいると、空襲体験の不在という自らのテーゼを、ゼーバルト自身が反駁しているのではないか、とさえ思われるほどだ。少なくとも、ここでゼーバルトが述べていることが空襲体験の不在という彼の明快なテーゼに包摂されえないものであることは疑いないところではないか。ベルリン空爆のＢＢＣによる実況中継までが掘り起こされ（二五以下）、ハンブルクの「火災旋風」について綿密に記述された箇所（三〇以下）など、講演にもとづく論考というよりも端的にゼーバルトの作品それ自体を読んでいるかのような印象を与える（たくさんの写真の挿入も同様の印象を強めている）。

「空襲と文学」の第二章冒頭には、ソリー・ズッカーマン卿の書かれざる〈破壊の博物誌〉を受けて、「破壊の博物誌はどのように語りだすべきだったのだろう」という一文が置かれている。三章からなる「空襲と文学」それ自体がそのような「破壊の博物誌」、少なくともその原型をなしていることは疑いないところだろう。「破壊の博物誌」——それにしてもこれは、ゼーバルトの全作品の暗澹たる部分を見事に言い当てた表現ではないか。

ゼーバルトの小説ないし散文作品には、おびただしい鉱物、植物、生物がそれこそ博物誌的に登場する。しばしば登場する蛾の標本や小動物の剝製、地下で長い時間をかけて結晶していった鉱物、ときに地表を覆い尽くす勢いではびこる植物、地上の片隅をさっとかすめる栗鼠《りす》、高々と空を舞っている鳥たち（いく種類も登場するこれらの蛾や栗鼠や鳥の名称が、日本語訳ではじつに繊細に訳し分けられている）。あるいは、深々と地中に根を張っていた樹木が嵐によって一瞬のうちになぎ倒される場面などが、とても印象深く登場する。それらは、容易に人間の目の届かない微細な次元で、また人間を遥かに超えた壮大な規模で、それ自身の営みを繰り返している。ゼーバルトの作品の登場人物は、それらの鉱物、植物、生物の姿に、言い知れぬ感嘆と、ときに脅威の念をもって、見入ることになる。優れて博物誌的なゼーバルトの記述をつうじて私たちは、それらの事物、動植物のひとつひとつが、この世界のありようをそれぞれの姿で映し出している、まぎれもないモナドであることに気づかされるのだ。

この博物誌的なまなざしは、第一作の『目眩まし』からしてすでに明らかなように、人間に対しても向けられている。スタンダールを若き日にナポレオン戦争に参加したアンリ・ベールとして捉えること、カフカを「プラハ労働者傷害保険協会の副書記、ドクター・K」として捉えること、それは、名だたる作家を凡庸な一個人に還元することではなく、その振る舞いをまずもって博物誌的に記述することなのだ。いくえにも重なる見えざる重力の場に置かれた孤独な天体のように、あるいはある種の夜行性の禽獣のように、それぞれの運動ないしは生態を独自な法則のもとに記述すること。そのとき、日記や書簡のさりげない一節にどんな錯綜した事態が織り込まれているかが、さながら望遠鏡や顕微鏡で覗き込むようにして照らし出されることになる。

ひとりひとりの人間をあたかも孤立したモナドないし天体として捉えるこの手法は、『移民たち』、『土星の環』においても引き続き用いられるとともに、そこでは、ナチス時代のドイツ人とユダヤ人をめぐる関係、さらにはホロコーストというトラウマ的な出来事が繰り返し登場することになる。ゼーバルトの作品においてしばしば「わたし」は、自分が身近に接していた人物がじつは「ユダヤ人」としてホロコースト体験に深く関わっていたことを知って愕然とする。同じ一つの世界を生きていると考えていた相手がまったく異なった記憶を抱えていたという、このそれ自体トラウマ的な体験——。そのような「ユダヤ人」に「ドイツ人」としてどのように向き合うことができるのか、ゼーバルトの作品のひとつの柱をなしているこのテーマは、不慮の死によって長篇の最終作となってしまった『アウステルリッツ』においていっそう複雑精緻に仕上げられている。

同じ時間をともに生きているはずの他人が抱えている、じつに不透明な鏡のような内面。そのくぐもった鏡面に映し出された、まるで迷宮のようなもうひとつの世界。しかも、そのもうひとつの世界はその内部にしばしばさらなる他者の記憶を抱え込んでいる。ゼーバルトが小説作品で頻繁に用いている二重の間接話法（Aは～と語ったとBは語った）は、このような世界のモナド論的な構造が必然的にもたらすものだ。「破壊の博物誌」もまたこの入れ子状の記憶抜きにはとうてい記述されえないだろう。ドイツの空襲体験をこのような次元にまでもたらすことは可能か、可能であればそれはどのようにしてか、もしも不可能だとすればそれはなぜか。ゼーバルトは「空襲と文学」において繰り返しそのことを問いかけているのだ。

この問いはまた、日本の私たち自身への問いとしても響く。およそ日本の戦後文学において、空襲体験を語ることがタブーだなどという意識は微塵も存在しなかっただろう。むしろ、ヒロシマ、ナガサキの被爆体験は戦後文学の大事な柱のひとつとさえ言えるだろう。なぜ日本の戦後においてはそれが可能だったのか。いや、私たちはむしろ問いをこう反転させるべきだろう。ゼーバルトの基準からして、空襲体験は戦後の日本文学において果たしてほんとうに描かれてきたのか、と。その際、このようなテーマに関わるゼーバルトの文学観を端的に述べたものとして、本書の以下の部分はやはり重要である。

少なくともかなりの部分にわたっての虚飾をまじえぬ客観性に裏打ちされた真実という理念が、激甚な破壊を前に文学的営為をつづける唯一の真っ当な理由であることがわかるのだ。ひるがえって、潰滅した世界の瓦礫から審美的ないし似非審美的効果を引き出そうとすることは、文学からその存在理由を奪うやりかたである。

（五二）

この一節に照らしたとき、日本の戦後文学はどのような相貌を呈することになるだろう。

この「潰滅した世界の瓦礫」と向き合うまなざしが、「空襲と文学」の第二章末尾で、ベンヤミンの「歴史の天使」のまなざしと重ねられているのもまた示唆的だ。ほかでもないベンヤミンこそは優れた博物誌的なまなざしの持ち主だったのであり、自死と事故死と死因は異なりながら、両者はほぼ六十年のときを隔てて、ともに道半ばにして倒れたのである。

訳者あとがき

鈴木仁子

一九九七年のチューリヒ大学における講演とともにドイツに議論を巻き起こし、その後のドイツ文学の展開に大きな影響を及ぼした論考「空襲と文学」。これについては細見氏の解説に詳しいので、本あとがきでは作家論におさめられた三人の作家について簡単にまとめておこう。

アルフレート・アンデルシュ（一九一四～八〇）は戦後のドイツ文学界をリードした文学者集団〈グルッペ四七〉の誕生にかかわった人物であり、いまも国語教科書にかならず一篇がおさめられているドイツ人作家である。青年期に共産党員として活動、三三年ナチ政権によって逮捕され、ダッハウの収容所に政治犯として送られた経歴を持つ。イタリア戦線での国防軍からの脱走、アメリカでの捕虜生活ののち、戦後は新生ドイツの文学的左派エリートとして、ラジオ局文芸記者や編集者としても活躍した。〈逃走〉は彼のキーワードの一つである。自伝的契機を盛り込み、おのれの過去の経験をもとに「こうあり得たかもしれない」可能性を文学化したその作品群を、ゼーバルトはここで免罪と自己正当化の文学として厳しく断罪している。

個人の来歴と重ねながら文学作品を吟味する方法は、ヴァイス論においてもなされている。織物商をしていたハンガリー系同化ユダヤ人の父と女優だったスイス人の母を両親に持つ、いわゆる〈半ユダヤ人〉ペーター・ヴァイス（一九一六〜八二）は、ベルリン近郊に生をうけた。一九三四年に一家でロンドンに亡命、その後ひとりチェコ、フランス、スイスを転々とし、三九年にスウェーデンに逃れて家族と合流する。父の織物工場で工員として働くがどうしてもなじめず、画家として身を立てる決意で単身ストックホルムに出て、終生をそこで過ごした。ヴァイスが最終的に文学の言語に選んだのはドイツ語で、〈ミクロ小説〉と命名して事象を極度に微細描写する『御者のからだの影』で認められ、作品にはときに自作のコラージュが挟まれた。現実世界との葛藤を描いた自伝的小説『両親との別れ』『消点』はじめ、フランス革命を題材にした『ジャン・ポール・マラーの迫害と殺害』、フランクフルトのアウシュヴィッツ裁判を傍聴して書かれ、国内での一斉上演によってドイツを震撼させた『追究――アウシュヴィッツの歌』などの記録演劇で名高い。

本名ハンス・マイアー、ユダヤ名シャイム、のちに姓をアナグラムにして筆名としたジャン・アメリー（一九一二〜七八）はウィーンに生まれ、オーストリアのバート・イシュルやグムンデンに育った。ナチスの迫害が強まるとオーストリアを脱出、レジスタンスの運動に加わって一九四〇年ベルギー国内で逮捕、ゼーバルトの『アウステルリッツ』冒頭にも出てくるブレーンドンクの砦で拷問にあう。収容所を脱走したが再逮捕され、四四年以降アウシユヴィッツ、ブーヘンヴァルト、ベルゲン＝ベルゼンの収容所に送られる。戦後ブリュッセルに住み、文芸記者としてスイスの新聞に寄稿していたが、迫害の体験を考察したエッセイ『罪と罰の彼岸』を刊行したのは六六年であった。『老化論』『ルフー、あるいは取り壊し』『自らに手をくだし』等を生前に刊行、七八年にザルツブルクのホテルで睡眠薬によって命を絶った。

短い紙幅ではこのぐらいの紹介がせいいっぱいだが、あまりにも酷ではないかと思えるほどのアンデルシュ批判、そしてアメリー論やヴァイス論における鬼気迫るような論述には、散文作品を訳しているときにも劣らない作者の息づかいを感じた。ここにはまぎれもない作家ゼーバルトがいる、という気がした。「魂の安らぎと秩序の番人」たる健忘を阻もうとするヴァイスは、おのれを苛むことによって記憶をとどめるという、「想起という苦悶」に身を投じる。一方のアメリーは、ルサンチマンがみずからを焼き滅ぼすことを知りながら、「なにごとも起こらなかったかのような顔をして平然と歴史が進行していく破廉恥」に異を唱えつづける。忘却に死ぬまで抗ったアメリーについて、「抵抗はアメリーの哲学の本質である」と言明されるとき、その質こそ違え、ゼーバルトはおそらく自身についても語っていたのだろう。跡形もなく消え去った過去の事象を掘り起こしていく沈鬱なまなざしは、記憶の消滅に抗う者のそれであって、ただ無常観に浸されているわけではないのだ。

「空襲と文学」にしても、ゼーバルトが指摘したドイツの惨禍の記憶に対する国民的な沈黙と抑圧、そして恐怖の経験を語るさいの神秘化や抽象化、あるいはメロドラマ的な消費に対する仮借のない批判は、ゼーバルトがアメリーについて書いたようにある意味で「葛藤をひらくこと」をもくろんだものであり、既成のカノンに異を突きつけ、議論を起こすものであった。文学研究者ゼーバルトは、かほどにはげしい挑発者でもあったのだ。

抗う者であるばかりではなかった。アメリーもヴァイスも、この世に居場所を失ったかのごとき者だった。「もはや光をあびることのない、生を去った者たちが棲んでいる場所を訪れたいという欲求」に駆られているヴァイス。「故郷を失った者は失ったままにとどまる」という、永劫に安息を失ったアメリー。ゼーバルトはそこに自分の「魂の近縁者たち」を見ていただろう。彼らにほかならぬ自分を読んでいた。研究者ゼーバルトと作家ゼーバルトは、いうまでもなく一つなのである。

本書の構成について触れておく。本書は、オリジナルのドイツ語版でなく、英訳版 "*On the Natural History of Destruction*"（『破壊の博物誌』）の構成に倣ったものである。一九九九年刊のドイツ語版 "*Luftkrieg und Literatur*" (Hanser Verlag)（『空襲と文学』）には、表題作の論考「空襲と文学」ならびにアンデルシュ論のみがおさめられていた。二〇〇三年刊の英語版に加わったアメリー論とヴァイス論は、ゼーバルトの死後に編まれた遺稿集 "*Campo Santo*" (Hanser Verlag) から採ったものである。日本語版でもこの二篇は内容的に本書に併録するにふさわしいと判断し、英語版とおなじかたちを取った。したがって、本書冒頭にある「はじめに」では、「空襲と文学」とアンデルシュ論の二篇についてしか成立事情が記されていない。

訳出に際してはドイツ語の原文に依拠したが、英語版も参考にして、必要と思われる箇所について改訂をほどこした。また原注は、ドイツ語版や英語版ハードカバーにみられた取りこぼしが増補されている英語のペーパーバック版に依っている。本文中の引用文に邦訳があるものは、多くの場合原文どおりか、ごく一部を改訳して引用させていただいた。訳者の方々にこのたびも心よりお礼を申し上げたい。

原 注

空襲と文学　チューリヒ大学講義より

（1） H. Glaser, *1945–Ein Lesebuch*（Frankfurt am Main, 1995）, pp. 18ff., および Sir Charles Webster and Noble Frankland, *The Strategic Air Offensive Against Germany*（Her Majesty's Stationary Office, 1954-1956）とりわけ補遺，統計，記録資料を掲載した第4巻参照.

（2） Alexander Kluge, *Geschichte und Eigensinn*（Frankfurt am Main, 1981）, p. 97 参照.

（3） Janet Flanner, in Hans Magnus Enzensberger, *Europa in Trümmern*（Frankfurt am Main, 1990）, p. 240

（4） Alfred Döblin, in Enzensberger, 前掲書 p. 188

（5） Willi Ruppert, "... und Worms lebt dennoch"（Wormser Verlagsdruckerei, n. d）

（6） Robert Thomas Pell, in Enzensberger, 前掲書 p. 110

（7） Enzensberger, 前掲書 p. 11

（8） Heinrich Böll, *Hierzulande*（München, 1963）, p. 128

（9） Heinrich Böll, *Der Engel schwieg*（Köln, 1992）

（10） Enzensberger, 前掲書 p. 20f.

（11） Hans Erich Nossak, "Der Untergang", in *Interview mit dem Tode*（Frankfurt am Main, 1972）, p. 209 ハンス・エーリヒ・ノサック（神品芳夫訳）「滅亡」〔『死神とのインタヴュー』（岩波文庫）1987年〕304頁

（12） Max Hastings, *Bomber Command*（London, 1979）, p. 346

（13） Charles Messenger, *"Bomber" Harris and the Strategic Bombing Offensive 1939–1945*（London, 1984）, p. 39 に引用がある.

（14） Webster and Frankland, 前掲書 vol. Ⅳ, p. 144

（15） Albert Speer, Erinnerungen（Berlin, 1969）, pp. 359ff.

（16） Hastings, 前掲書 p. 349 にテイラーの引用がある.

（17） Gerald J. De Groot, "Why Did They Do It?" *The Times Higher Educational Supplement*, October 16, 1992, p. 18 参照.

（18） 上掲書に引用がある.

（19） Solly Zuckerman, *From Apes to Warlords*（London, 1978）, p. 352

（20） Elaine Scarry, *The Body in Pain*（Oxford, 1985）, p. 74

（21） “Raid on Berlin”（September 4, 1943）, audiocassette, Imperial War Museum, London
（22） Klaus Schmidt, *Die Brandnacht*（Darmstadt, 1964）, p. 61
（23） Nikolaus Martin, *Prager Winter*（München, 1991）, p. 234 参照.
（24） Friedrich Reck, *Tagebuch eines Verzweifelten*（Frankfurt am Main, 1994）, p. 220
（25） 上掲書 p. 216
（26） Nossack, 前掲書 p. 213　邦訳 309 頁
（27） Alexander Kluge, in *Neue Geschichten. Hefte 1–18 “Unheimlichkeit der Zeit”*（Frankfurt am Main, 1977）, p. 106
（28） 上掲書 p. 104
（29） Victor Klemperer, *Ich will Zeugnis ablegen bis zum letzen — Tagebücher 1942–1945*（Berlin, 1995）, pp. 661ff　ヴィクトール・クレンペラー（小川＝フンケ里美，宮崎登訳）『私は証言する—ナチ時代の日記（1933-1945 年）』（大月書店）1999 年　306 頁
（30） Nossack, 前掲書 p. 211　邦訳 307 頁
（31） Reck, 前掲書 p. 216
（32） 上掲書 p. 221
（33） Enzensberger, 前掲書 p. 203f. より引用.
（34） 上掲書 p. 79
（35） Zuckerman, 前掲書 p. 322
（36） Nossack, 前掲書 pp. 211f. ,226f. 邦訳 327 頁
（37） Heinrich Böll, *Frankfurter Vorlesungen*（München, 1968）, p. 82f.
（38） Nossack, 前掲書 p. 238 邦訳 342 頁
（39） 上掲書 p. 238　邦訳 343 頁
（40） Böll, *Der Engel schwieg*, p. 138
（41） Zuckerman, 前掲書 p. 327 に引用がある.
（42） Böll, *Der Engel schwieg*, p. 70
（43） Nossack, 前掲書 p. 238f. 邦訳 343 頁
（44） Böll, *Der Engel schwieg*, p. 57
（45） Nossack, 前掲書 p. 243　邦訳 348 頁
（46） Böll, *Der Engel schwieg*, p. 45f.
（47） Stig Dagerman, *German Autumn*（London, 1988）, pp. 7ff.
（48） Victor Gollancz, *In Darkest Germany*（London, 1947）, p. 30
（49） Böll, *Der Engel schwieg*, p. 92
（50） Martin Middlebrook, *The Battle of Hamburg*（London, 1988）, p. 359 参照.
（51） Kluge, “*Unheimlichkeit der Zeit*” p. 35

(52) Nossack, 前掲書 p. 220　邦訳 318 頁
(53) Alexander Kluge, *Theodor Fontane, Heinrich von Kleist, Anna Wilde —— Zur Grammatik der Zeit* (Berlin, 1987), p. 23
(54) Schmidt, 前掲書 p. 17
(55) Nossack, 前掲書 p. 245　邦訳 351 頁
(56) Max Frisch, *Tagebücher*, Enzensberger 前掲書 p. 261 に引用がある.
(57) Zuckerman, 前掲書 p. 192f. に引用がある.
(58) Thomas Mann, *Doktor Faustus* (Frankfurt am Main, 1971), p. 433 トーマス・マン（関泰祐，関楠生訳）『ファウスト博士』（岩波書店）1974 年　Ⅲ巻 165 頁
(59) Hans Erich Nossak, *Pseudoautobiographische Glossen* (Frankfurt am Main, 1971), p. 51
(60) Hermann Kasack, *Die Stadt hinter dem Strom* (Frankfurt am Main, 1978), p. 18　ヘルマン・カザック（原田義人訳）『流れの背後の市』（新潮社）1954 年　上巻 25 頁
(61) 上掲書 p. 10　邦訳上巻 10 頁
(62) Nossack, *Pseudoautobiographische Glossen,* p. 62
(63) Kasack, 上掲書 p. 152　邦訳上巻 160 頁
(64) 上掲書 p. 154　邦訳上巻 162 頁
(65) 上掲書 p. 142　邦訳上巻 150 頁
(66) 上掲書 p. 315　邦訳下巻 75 頁
(67) Nossack, *Pseudoautobiographische Glossen,* p. 47 参照：「本物の文学は当時秘密の言語であった」.
(68) Nossack, *Untergang,* p. 225　邦訳 325 頁
(69) 上掲書 p. 217　邦訳 315 頁
(70) 上掲書 p. 245　邦訳 350 頁
(71) Elias Canetti, *Die gespaltene Zukunft* (München, 1972), p. 58 エリアス・カネッティ（岩田行一訳）『断ち切られた未来—評論と対話』（法政大学出版局）1974 年　87 頁
(72) Peter de Mendelssohn, *Die Kathedrale* (Hamburg, 1983), p. 10
(73) 上掲書 p. 29
(74) 上掲書 p. 98
(75) 上掲書 p. 234
(76) 上掲書 p. 46
(77) Arno Schmidt, *Aus dem Leben eines Fauns* (Frankfurt am Main, 1973), p. 152
(78) Hubert Fichte, *Detlevs Imitationen "Grünspan"* (Frankfurt

am Main, 1982), p. 35

(79) Kluge, "*Unheimlichkeit der Zeit*", p. 35

(80) 上掲書 p. 37

(81) 上掲書 p. 39

(82) 上掲書 p. 53

(83) 上掲書 p. 59

(84) 上掲書 p. 63

(85) 上掲書 p. 69

(86) 上掲書 p. 79

(87) 上掲書 p. 102f.

(88) 同上

(89) Walter Benjamin, *Illuminationen* (Frankfurt am Main, 1961), p. 273 ヴァルター・ベンヤミン（野村修訳）『ボードレール 他五篇』（岩波文庫）1994 年 335 頁

(90) Jörg Friedrich, *Das Gesetz des Krieges* (München, 1995)

(91) G. Wolfrum und L. Bröll 編 (Sonthofen, 1963)

(92) Günter Jäckel, "Der 13. Februar 1945 — Erfahrungen und Reflexionen", *Dresdner Hefte*, no. 41 (1995), p. 3

(93) Kenzaburo Oe, *Hiroshima Notes* (New York and London, 1997), p. 20 参照. 大江健三郎『ヒロシマ・ノート』（岩波新書）1965 年

(94) Hans Dieter Schäfer, *Mein Roman über Berlin* (Passau, 1990), p. 27

(95) 上掲書 p. 29

(96) 同上

(97) Hans Dieter Schäfer, *Berlin im zweiten Weltkrieg* (München, 1991)

(98) 上掲書 p. 161

(99) 上掲書 p. 164

(100) Franz Lennartz, *Deutsche Schriftsteller des 20. Jahrhunderts im Spiegel der Kritik*, vol. 2 (Stuttgart, 1984), p. 1164

(101) Karl Heinz Janßen, "*Der große Plan*", Zeit Dossier, 7. 3, 1997 参照.

(102) Jäckel, 前掲書 p. 6 参照.

(103) Elias Canetti, 前掲書 p. 31f. に引用がある. 邦訳 47 頁

(104) Anthony Beevor, *Stalingrad* (London, 1998), p. 102ff. 参照. アントニー・ビーヴァー（堀たほ子訳）『スターリングラード 運命の攻囲戦 1942—1943』（朝日新聞社）2002 年 107 頁

悪魔と紺碧の深海のあいだ　作家アルフレート・アンデルシュ

（1）“*...einmal wirklich leben*”—*Ein Tagebuch in Briefen an Hedwig Andersch 1943–1979*, W. Stephan 編（Zürich, 1986）p. 70f. 参照．後の手紙では，アンデルシュは母親に対し〈ディア・マム〉〈マ・シェル・ママン〉といった名で呼びかけている．かなり単純朴訥な女性だった母親がこれにどう応えていたのかはわからない．

（2）上掲書 p. 50, 57, 59, 111, 116, 126, 144

（3）上掲書 p. 123

（4）Hans Werner Richter, *Im Establissement der Schmetterlinge*—*Einundzwanzig Portraits aus der Gruppe 47*（München, 1991）, p. 24

（5）Stephan Reinhardt, *Alfred Andersch, Eine Biographie*（Zürich, 1990）, p. 208

（6）同上

（7）E. Schütz, *Alfred Andersch*（München, 1980）, p. 44f. 参照．この部分に重要な書評が引用されている．

（8）Koeppen, *Börsenblatt des deutschen Buchhandels*, no. 14（1966）

（9）Marcel Reich-Ranicki, *Sonntagsblatt*, no. 12（1961）

（10）H. Salzinger, *Stuttgarter Zeitung*, 11. 10, 1967; J. Günther, *Neue Deutsche Hefte*, vol.14, no. 3（1967）, p. 133f.

（11）Reinhardt, 前掲書 p. 438

（12）同上

（13）上掲書 p. 534

（14）Alfred Andersch, *Die Kirschen der Freiheit*, p. 46

（15）上掲書 p. 43

（16）上掲書 p. 39

（17）Reinhardt 前掲書 p. 580 に引用がある．

（18）Andersch, *Die Kirschen der Freiheit*, p. 46

（19）上掲書 p. 45

（20）Reinhardt, 前掲書 p. 58

（21）同上

（22）上掲書 pp. 55ff.

（23）上掲書 p. 84

（24）上掲書 p. 82

（25）Alfred Andersch, “Der Techniker”, in *Erinnerte Gestalten*（Zürich, 1986）, pp. 99, 157, 160 参照．

（26）Reinhardt, 前掲書 p. 647

（27）Kriegsgefangenakte（8. 10, 1944）, Archiv der Deutschen Dienststelle, Berlin

(28) Andersch, *Die Kirschen der Freiheit*, p. 90. 敗者の側へ寝返ろうと思うものがいるだろうか，と言いたげな文である．
(29) Reinhardt, 前掲書 p. 647
(30) これについては Reinhardt, 前掲書 p. 73 参照．アンデルシュは〈収容所に入所したことのある人間は国防軍を解雇される〉という国防軍への通達文を，ヒトラーの命令であることを示唆して上官に見せた．
(31) Andersch, "*...einmal wirklich leben*", p. 20 参照．
(32) 同上
(33) 上掲書 p. 47
(34) 同上
(35) Urs Widmer, *1945 oder die "neue Sprache"*（Pädagogischer Verlag Schwann, Düsseldorf, 1966）
(36) *Der Ruf*, H. A. Neunzig 編（München, 1971），p. 21
(37) M. Overesch, *Chronik deutscher Zeitgeschichte*, vol. 2/ Ⅲ（Düsseldorf, 1983），p. 439f. 参照．
(38) Der Ruf, p. 26 参照．
(39) Alfred Andersch, *Sansibar oder der letzte Grund*（Zürich, 1970），p. 101 アルフレート・アンデルシュ（生野幸吉訳）「ザンジバル　もしくは最後の理由」〔『世界文学全集 21　ゼーガース・アンデルシュ・ノサック』（集英社）〕1965 年　150 頁
(40) 上掲書 p. 55　邦訳 110 頁
(41) 上掲書 p. 59　邦訳 113 頁
(42) 上掲書 p. 106　邦訳 154 頁
(43) 同上
(44) 上掲書 p. 22　邦訳書 82 頁
(45) Andersch, "*...einmal wirklich leben*", p. 13
(46) Andersch, *Die Kirschen der Freiheit*, p. 86
(47) 上掲書 p. 87
(48) Alfred Andersch, *Die Rote*（Zürich, 1972），p. 152f. アルフレート・アンデルシュ（高本研一訳）『赤毛の女』（白水社）1971 年 182 頁
(49) 上掲書 p. 68　邦訳 79 頁
(50) たとえば次を参照．T. Koebner, *Lexikon der deutschsprachigen Gegenwartsliteratur*, H. Kunisch und H. Wiesner 編（München, 1981），p. 26; V. Wehdeking, *Alfred Andersch*（Stuttgart, 1983），p. 91
(51) Alfred Andersch, *Efraim*（Zürich, n.d.），pp. 61, 204, 70, 64, 134
(52) 同上

(53) 上掲書 p. 56
(54) 上掲書 p. 152f.
(55) Reinhardt, 前掲書 p. 423
(56) Alfred Andersch, *Winterspelt* (Zürich, n.d.), p. 39
(57) 上掲書 p. 41
(58) 上掲書 p. 443
(59) Reinhardt, 前掲書 p. 327 に引用がある.
(60) 上掲書参照 pp. 500, 508

夜鳥の眼で　ジャン・アメリーについて
(1) Jean Améry, *Jenseits von Schuld und Sühne* (Stuttgart, 1977), p. 68 ジャン・アメリー（池内紀訳）『罪と罰の彼岸』（法政大学出版局）1984 年　70 頁
(2) 上掲書 p. 9　邦訳 190 頁
(3) W. G. Niederland, *Folgen der Verfolgung — Das Überlebenden-Syndrom* (Frankfurt am Main, 1980), p. 12
(4) Améry, *Jenseits,* p. 15　邦訳 183 頁
(5) 上掲書 p. 62f.　邦訳 63 頁
(6) 上掲書 p. 63　邦訳 64 頁
(7) 上掲書 p. 64　邦訳 65 頁
(8) 上掲書 p. 64　邦訳 66 頁
(9) 上掲書 p. 67　邦訳 69 頁
(10) 上掲書 p. 66　邦訳 68 頁
(11) E. M. Cioran, *Précis der Décomposition* (Paris, 1949), p. 11 E. M. シオラン『E. M. シオラン選集〈1〉崩壊概論』（国文社）1975 年　14 頁
(12) Améry, *Jenseits,* p. 33　アメリー『罪と罰の彼岸』邦訳 25 頁
(13) 上掲書 p. 33　邦訳 26 頁
(14) 同上
(15) 上掲書 p. 149　邦訳 173 頁
(16) 上掲書 p. 149　邦訳 124 頁
(17) 上掲書 p. 113　邦訳 126 頁
(18) 上掲書 p. 112　邦訳 125 頁
(19) 上掲書 p. 114　邦訳 127 頁
(20) 上掲書 p. 123　邦訳 139 頁
(21) 上掲書　邦訳 141 頁
(22) Jean Améry, *Örtlichkeiten* (Stuttgart, 1980), p. 25 ジャン・アメリー（池内紀訳）『さまざまな場所—死の影の都市をめぐる』（法政大学出版局）1983 年　邦訳 31 頁

(23)　同上
(24)　Améry, *Jenseits,* p. 77f.　アメリー『罪と罰の彼岸』82 頁
(25)　同上
(26)　上掲書 p. 75　邦訳 81 頁
(27)　上掲書 p. 84　邦訳 90 頁
(28)　Cioran 前掲書 p. 49　邦訳 58 頁
(29)　上掲書 p. 50　邦訳 60 頁
(30)　Jean Améry, *Über das Altern* (Stuttgart, 1968), p. 30　ジャン・アメリー（竹内豊治訳）『老化論』（法政大学出版局）1977 年 34 頁
(31)　Améry, *Jenseits,* p. 44　邦訳 41 頁
(32)　上掲書 p. 89　邦訳 96 頁
(33)　Cioran 前掲書 p. 46　邦訳 55 頁
(34)　上掲書 p. 21　邦訳 26 頁
(35)　Niederland, 前掲書 p. 232
(36)　Améry, *Über das Altern,* p. 123　邦訳 152 頁
(37)　同上
(38)　Jean Améry, *Hand an sich legen* (Stuttgart, 1976), p. 27　ジャン・アメリー（大河内了訳）『自らに手をくだし―自死について』（法政大学出版局）1987 年　30 頁
(39)　上掲書 p. 30　邦訳 35 頁
(40)　上掲書 p. 83　邦訳 103 頁
(41)　Cioran 前掲書 p. 43　邦訳 51 頁
(42)　Jean Améry, *Lefeu oder der Abbruch* (Stuttgart, 1976), p. 186　ジャン・アメリー（神崎巌訳）（『ルフー，あるいは取り壊し』（法政大学出版局）1985 年）　200 頁
(43)　Primo Levi, *Si questo è un uomo* (Mailand, 1958)　プリーモ・レーヴィ（竹山博英訳）『アウシュヴィッツは終わらない―あるイタリア人生存者の考察』（朝日新聞社）1980 年　85 頁
(44)　Dante, *Divina Commedia,* Infernno, Canto Ⅲ　ダンテ「神曲」〔集英社ギャラリー［世界の文学］1　古典文学集〕（集英社）1990 年　170 頁
(45)　Jean Améry, *Widersprüche* (Stuttgart, 1971), p157

苛《さいな》まれた心　ペーター・ヴァイスの作品における想起と残酷

(1)　Peter Weiss, *Notizbücher 1960–1971* (Frankfurt am Main, 1982), vol. Ⅱ, p. 812
(2)　上掲書 p. 813
(3)　同上

(4)　上掲書 p. 810 参照.
(5)　Peter Weiss, *Die Ästhetik des Widerstands*（Frankfurt am Main, 1983), vol. Ⅲ, p. 14
(6)　上掲書 p. 16
(7)　同上
(8)　Weiss, *Notizbücher 1960–1971*, vol. Ⅱ, p. 812
(9)　Weiss, *Die Ästhetik des Widerstands*, vol. Ⅱ, p. 31
(10)　上掲書 p. 33
(11)　上掲書 p. 31 参照.
(12)　同上
(13)　Weiss, *Notizbücher 1960–1971*, vol. Ⅰ, p. 191
(14)　Peter Weiss, *Abschied von den Eltern*（Frankfurt am Main, 1964), p. 8　ペーター・ヴァイス（柏原兵三訳）『両親との別れ』（白水社）1970 年　5 頁
(15)　同上
(16)　上掲書 p. 9　邦訳 6 頁
(17)　Weiss, *Notizbücher 1960–1971*, vol. Ⅰ, p. 58
(18)　Friedrich Nietsche, *Werke*, vol. Ⅳ, Teil 2（Berlin, 1968), p. 307f. フリードリヒ・ニーチェ（信太正三訳）「道徳の系譜」［ニーチェ全集 10］（理想社）1980 年　377 頁
(19)　上掲書 p. 311　邦訳 381 頁
(20)　上掲書 p. 314　邦訳 384 頁
(21)　上掲書 p. 316　邦訳 386 頁
(22)　Weiss, *Notizbücher 1960–1971*, vol. Ⅰ, pp. 220, 230 参照.
(23)　上掲書 p. 351
(24)　Peter Weiss, *Die Ermittlung*（Frankfurt am Main, 1965), p. 89　ペーター・ヴァイス（岩淵達治訳）『追究―アウシュヴィッツの歌』（白水社）1966 年　101 頁
(25)　Weiss, *Notizbücher 1960–1971*, vol. Ⅰ, p. 316
(26)　Weiss, *Die Ästhetik des Widerstands*, vol. Ⅲ, p. 210

訳者略歴
一九五六年生まれ
名古屋大学大学院博士課程前期中退
椙山女学園大学教員
翻訳家
主要訳書
ベーレンス「ハサウェイ・ジョウンズの恋」
ゲナツィーノ「そんな日の雨傘に」
ゼーバルト「アウステルリッツ」
「移民たち」
「目眩まし」
「土星の環」
「カンポ・サント」
「鄙の宿」（以上、白水社）

空襲と文学（新装版）

二〇二一年九月五日　印刷
二〇二一年九月二五日　発行

著者　W・G・ゼーバルト
訳者 ©　鈴《すず》木《き》仁《ひと》子《こ》
装幀者　緒方修一
発行者　及川直志
印刷所　株式会社理想社
発行所　株式会社白水社

東京都千代田区神田小川町三の二四
電話　営業部〇三（三二九一）七八一一
編集部〇三（三二九一）七八二一
振替　〇〇一九〇-五-三三二二八
郵便番号　一〇一-〇〇五二
www.hakusuisha.co.jp
乱丁・落丁本は、送料小社負担にてお取り替えいたします。

株式会社松岳社

ISBN978-4-560-09867-7
Printed in Japan

「20世紀が遺した最後の偉大な作家」の
主要作品を、
鈴木仁子個人訳、
豪華な解説執筆陣、
緒方修一による新たな装幀で贈る！

W・G・ゼーバルト［著］ 鈴木仁子［訳］

アウステルリッツ 解説▶多和田葉子

移民たち 四つの長い物語 解説▶堀江敏幸

目眩まし 解説▶池内 紀

土星の環 イギリス行脚 解説▶柴田元幸

空襲と文学 解説▶細見和之